JN067591

マドンナメイト文庫

姉と幼馴染み 甘く危険な三角関係

羽後 旭

目次

contents

姉と幼馴染み　甘く危険な三角関係

第一章　幼なじみの誘惑

1

「ただいま。友幸《ともゆき》、奈南《ななみ》が来たよ」

玄関ドアがガチャリと開き、静かだった室内に姦《かしま》しい女子の笑い声が響いてくる。

リビングで漫画本を読んでいた高代《たかしろ》友幸は、姉である由紀香《ゆきか》の帰宅に玄関へと向かった。

「おかえりなさい。奈南さんもいらっしゃい」

玄関には由紀香ともう一人の少女、園江《そのえ》奈南が靴を脱ごうとしていた。ありふれた戸建ての玄関に、思春期の女子特有の甘く爽やかな香りが立ちこめている。

「お邪魔しまーす……あれ？」

元気そうな笑顔を向けてきた奈南だが、次の瞬間にはふんふんと鼻を鳴らす。

「んん……なんかすごくいい匂いがする。この匂いは……っ」

「そう、カレーだよ。なんの変哲もない、ルウを溶かしただけの代物だけど」

そう言った瞬間に、奈南の表情はいっそう晴れやかなものとなる。「やったあ！」と叫ぶと、勢いよく万歳をするかたちで両手を突きあげた。

「ありがとうっ。友くんの作るカレーって、めちゃくちゃうまいんだよねぇ。ああっ、なんか滾《たぎ》ってきちゃったっ」

奈南はそう言って、両手を胸のあたりで握り合わせると、身悶えするように身体を捩《よじ》る。屈託のない満面の笑みに、思わず友幸の心臓が高鳴った。

（うう、奈南さん、本当にかわいいな……）

ぱっちりと大きく開いた二重の双眸、潤いを湛《たた》えるふっくらとした唇に艶を放ったショートカットの黒髪、健康美を主張する小麦色の肌。奈南の外見は紛うことなき美少女のそれだった。

「だからといって、あんまりバクバクと食べちゃダメだからね。この前なんて食べすぎて、苦しい、苦しいって言いながら動けなかったじゃない」

苦笑まじりに由紀香が言った。

「あはは……あれは確かに自分でもどうかと思うわ……気をつけます」

奈南は恥ずかしそうに視線を逸《そ》らした。表情がコロコロと変わる様子は、見ているだけでも楽しくなってしまう。おまけに、その表情すべてがかわいらしさに満ちあふれているのだ。

「ごめんね、友幸。奈南ったら、とつぜん家に泊まりたいって言うもんだから……」

奈南の様子に見蕩《みと》れていると、由紀香が申し訳なさそうな顔を向けてきた。

「奈南ったら、お泊まりセットを学校に持ってきていたのよ。それで朝、教室に着くやいなや、今日、泊めてって。本当に強引というかなんというか……」

「いや、だってせっかく高校生になったんだからさぁ。少しくらいハメをはずしたいっていうか、遊びたいっていうかね」

「中学どころか子供の頃からしょっちゅう泊まりに来てるし、私たちの家はハメをはずす遊び場じゃないの」

呆《あき》れた様子で「はぁ」と由紀香はため息をつく。長くてさらさらの黒髪が、顔の傾きに合わせて静かに流れた。憂いを感じさせる、なにげない仕草に、友幸の胸中が掻き乱される。

（姉さん……本当にきれいだな……）

友幸はちらりと姉を見やる。ストレートの黒髪は眩《まばゆ》いばかりの艶を放って、ほつれることもなく肩胛骨あたりまで伸びている。新雪を思わせる真っ白な素肌と女子にしては高めの身長、左右できれいな対称を描くアーモンド形の瞳にすらりとした鼻すじは、かわいいというより美しい。誰がどう見ても美人と形容するであろう。実際、由紀香は小学生の頃から美人と評判だった。

（それに……おっぱいの大きさが隠せていない……）

ブレザーの学校制服は胸部がはっきりと盛りあがりを見せている。奈南には悪いが、彼女と比べると一目瞭然だ。細身の身体ゆえに胸のふくらみはことさら顕著である。

（ああ……姉さん……）

心の中で感嘆していると、ふいに由紀香が視線を向けてきた。

「しょうがないから、泊めさせてあげて。今までどおり、気遣いなんてしなくていいから」

少し困ったような顔をして、白い手を合わせる。一挙手一投足すべてが絵になる由紀香に、またしても胸の鼓動が大きくなった。

「い、いいよ、別に。奈南さんが家《うち》に泊まるのは、とっくの昔に慣れてることだし」

「話がわかってうれしいなぁ。友くんのそういうところ、私、好きだよ」

満足そうに笑顔を浮かべた奈南が、はしゃぐように言う。

友幸は中学二年生になったばかりの、つまりは思春期まっただなかだ。そんな男に美少女が面と向かって「好き」などと発言してくるのだから、心が穏やかでいられるはずがない。自然と頬が熱くなってしまう。

「いいから、さっさと家に上がりなさい。人の弟をからかわないでちょうだい」

由紀香が少しだけ語気を強くして言う。友幸にとってはありがたい助け船だった。

「はーい、それじゃ改めてお邪魔しまーす」

奈南は反省した様子もなく、軽い口調でそう言うと、勝手知ったる友幸たちの家の中へと歩を進めた。

「まったく……あの、友幸、本当に気遣いなんてしなくていいんだからね。今日だって晩ごはんの当番は私だったはずだし……」

由紀香が奈南に聞こえないよう、ヒソヒソと話しかけてくる。整えられた柳眉は眉尻が下がり、いかにも申し訳ないといった表情だった。そんな顔を目の前にされては、火照った頬がさらに熱を帯びてしまう。

「いいんだって。奈南さんがいたら家が賑やかでいいし。それに、俺もカレーが食べたかったからさ」

半歩あとずさりしながら慌てて言う。それでも、彼女から漂ってくる花のような甘い香りは、しっかりと友幸を包みこんでいた。

頬を染める熱が、卑しさをまといながら下半身にまで浸食していく。股間の状態が徐々に変化しつつあることに、友幸は焦りを覚えた。

(ダメだっ……これ以上いっしょにいたら大変なことになるっ)

「とっ、とりあえず、気にしないでっ。奈南さんと楽しく過ごしてよっ」

もはや、自分の意志で鎮めることなどできるはずもない。友幸は由紀香の眼前から退くと、逃げるようにして階段を駆けあがった。

(まずい、まずい……勃起に気づかれてしまうところだった……)

自室へと飛びこんでから、ほっと胸を撫で下ろす。

股間はすっかりテントを形成してしまっていた。もう少し行動するのが遅かったら、頂点を由紀香に向けていたことであろう。そんな状態を彼女に気づかれたと想像するだけで、羞恥と恐怖とで背すじが凍ってしまう。

(姉さん、俺の気持ちわかってるのかな。いや、知られてはならないんだけど……)

オレンジ色に染まりはじめた室内で、友幸はふと考える。自分が抱く由紀香への特異な感情は、決して口にしてはならない禁忌の想いだ。

友幸は由紀香を、実の姉を女として見てしまっていた。恋しているのだ。

中学二年生にもなれば、自分の抱く感情がどういうものなのかは理解できる。世間一般では白い目で見られる異常なものであることも承知している。

（結ばれないとはわかっている。結ばれてはいけないということも。俺はともかく、こんな想い、姉さんには迷惑なんだ……）

もし、由紀香本人に想いが知られたら、由紀香の現在はもちろん、将来にまで影響を与えかねない。

（それに、姉さんは俺の母親がわりでもある。家事の分担はしているけれど、それでも負担は姉さんのほうが多い。そんな姉さんにこんな想いを持つなんて、あまりにも申し訳ないだろ……）

友幸たちには母親がいない。自分が小学生で由紀香が中学生の頃、大病を患い、旅立ってしまったのだ。

父は自分たちのために、少しでも生活を楽にしようと夜勤の多い仕事をしている。家族同士が支え合って生きていこうとしているなかで、自分の恋情はあまりにも身勝手で、汚《けが》らわしさすら感じていた。

（でも……俺は姉さんを諦めきれるのか……）

肉棒には血液が集中して、痛いくらいに肥大している。短い間隔で何度も脈動をくり返していた。

「ああっ……姉さん、ごめんっ」

もはや、我慢などできなかった。勢いよくパンツごと脱ぎ下ろす。弾むように飛び出た勃起は、漏れ出た先走り液で肉幹までもが濡れていた。

（姉さんを好きなってしまっただけでなく、こんな……オナニーのネタにまでしてしまうなんて……っ）

罪悪感が胸を貫くが、昂《たかぶ》った牡欲の前ではそれすらも劣情へのスパイスだった。友幸は床に膝立ちになりながら、由紀香とのありえない淫戯を夢想する。

好きになってしまった以上、心だけを求めるほどプラトニックなはずがない。肉体を含めた由紀香のすべてが欲しかった。あのシルクのような黒髪を、甘い吐息を、新雪と見紛う白肌を、やさしさを湛えた豊乳を独占したくて仕方がない。

友幸は由紀香へのあらゆる欲を沸騰させて、いつものように大量の欲望液を噴出させた。床に飛び散った濃い白濁は己の愚かさの象徴だ。

（俺は……どうすればいいんだ……？）

力を失った肉棒をそのままにして、友幸は項垂《うなだ》れることしかできなかった。

2

夜、時計は深夜一時を指そうとしていた。

周囲の家々も灯りを消して、すっかり寝静まっている時間であるが、友幸は一人ベッドの中でスマートフォンを片手に画面を見つめている。

(エロいな……セックスって、本当にこんななのかな……?)

眺めているのは海外サーバーのポルノストリーミングサイトである。ここ最近、寝入る前にのぞくのが習慣になっていた。

(俺もこういうことしたいよな……でも、俺にそんな機会がやってくるのか?)

残念ながら友幸はモテるタイプとは言い難い。俗に言うイケメンではないし、これまでの人生で告白されたこともない。絵に書いたような美人である由紀香とは、外見はもちろん、異性からの人気も比べものにならないのだ。

(姉さんは中学どころか小学校の頃からラブレターや告白がすごかったらしい。そりゃ姉さんがモテないわけがないよなぁ……)

彼女の人気ぶりは奈南からよく聞いている。つい最近入学した高校でも、早速男子たちからの注目の的になっているらしい。

（……もしかして、姉さんはすでに経験ずみだったり？　俺の知らないうちに彼氏ができている可能性もあるよな……）

ポルノ動画で劣情を滾らせていたのに、頭の中は由紀香でいっぱいだ。画面の中で喘ぎながら腰を揺らしている女の姿など、もはや認識する余裕はない。

（……考えるのはよそう。悲しくなるだけだし……）

どれだけ恋い焦がれても、姉弟《きょうだい》という関係は消え失せない。自分の未練がましい女々しさにため息をつく。

（もうこんな時間か。そろそろ……）

眠気が襲ってきて、一つ大きなあくびをする。

だが、まだ休みたくはないと声高に主張する身体の部位があった。

（……すっかり勃起しているな）

動画の卑猥さと由紀香への夢想とで、ペニスはしっかりと隆起していた。夕方に射精したというにもかかわらず、その勃起は力強い。このままでは眠れそうになかった。

（仕方がない。適当に抜いて寝るか……）

イヤホンからは見知らぬ女の淫らな声が鳴り響いている。由紀香はいったい、どんな声色で快楽に悶えるのであろう……。

寝間着とともにパンツをずらして勃起を取り出す。先走り液を潤滑油にして、ゆるゆると右手で扱《しご》きあげる。

（ううっ、姉さん……っ）

結局、思い描くのは由紀香である。画面の中で女は上体を反らして腰を振りつづけている。身体の動きに合わせて、突き出した乳房が上下左右に荒々しく乱舞していた。それを由紀香に変換すると、一気に射精欲求がこみあげる。

（そろそろティッシュを用意しないと……っ）

ティッシュ箱は自分から見て左の枕もとに用意していた。常夜灯のぼんやりとしたオレンジのなか、友幸はティッシュ箱のほうへと視線を向けて――凍りついた。

（えっ……）

ティッシュ箱の向こうで、部屋のドアが開いていた。指が三本入るくらいの隙間から、間違いなく誰かがこちらをのぞいている。

「……奈南……さん……」

唇も声も微《かす》かに震えていた。煩悩もなにもかもが吹っ飛んでしまう。

(見られてた……オナニーをっ。まさか、姉さんを思ってオナニーしていることまでバレたんじゃ……っ)

今までの一連の流れを反芻《はんすう》するが、由紀香のことを呟《つぶや》いた記憶はない。だが、自分が覚えていないだけで、興奮に流されて口走っている可能性も捨てきれなかった。

「ふふふっ……」

小さな笑い声が響いたと同時に、ドアがゆっくりと開いていく。

パジャマ姿の奈南がいた。見なれている微笑みが、今は恐ろしくて仕方がない。

「あ、あの……その……っ」

なにか言葉を発しようとするも、極度の羞恥と不安とで上手く口が動かない。夏でもないのに、額や背中には汗が噴き出しはじめていた。

そんな友幸に奈南は立てた人さし指を唇に重ねて見つめてくる。なにも言うな、ということらしい。

音を立てないように、ゆっくりとドアが閉められた。

「ごめんね。勝手にのぞいちゃって」

いたずらな微笑みを浮かべつつ、奈南がゆっくりと近づいてくる。

爽やかな水気を感じさせる女の甘い香りが漂ってきて、友幸の混乱をさらに複雑なものへと変えさせた。

「ど、どうして……？」

ようやく発することのできた言葉は主語も目的語も抜け落ちていた。抑揚のない声はかすれぎみで、若干震えている。

奈南がベッドの傍らにまで近寄ってきた。にんまりとした顔で見下ろして、やがてゆっくりと腰を下ろす。二人の目線が至近距離で平行になった。

「ふふっ。イヤホンしてたから私がトイレに起きたことに気づかなかったんだね。由紀香の部屋に戻ろうと思ったら、友くんの部屋からギシギシ音がしてね。なんとなく気になって様子を窺ってたら……そういうときの息づかいが聞こえてきたんだよ」

ぼんやりとした常夜灯の中で、奈南の大きな瞳が妖しく光る。醸し出される雰囲気は、いつもの彼女のものではなかった。

「まさかとは思ったけど、そのまさかでホントにしてたから……そのまま……見たくなっちゃって」

心なしか奈南の芳香が濃厚なものに感じられた。その香りは握りしめたペニスをダイレクトに刺激して、ビクビクと脈を打ってしまう。

「ねえ」

「な、なに……っ」

「……まだイッてないよね。イキたくないの？」

囁《ささや》く声はみだりがましい吐息が混じっていた。なにかを期待しているような瞳の艶やかさに、思わずゾクリとしてしまう。

「男の子って、おち×ちん大きくしたらイカないとつらいんじゃないの？　それも、シコシコしてる最中だったら、なおさらでしょ？」

奈南がなにを言いたいのかわからない。それでも、醸し出される空気感が異常なことだけは、童貞の友幸にもよくわかった。自然と心臓の脈拍が大きくなって、鼓膜をうるさいくらいに響かせる。

「私、見たいなぁ……友くんがおち×ちん弄《いじ》って気持ちよくなってるところ」

奈南がニヤリと口もとを綻ばせる。整った白い歯が唇からのぞき、上質なデザートを思わせる甘い吐息が頬を撫でてきた。

（な、なにを言ってるんだ……っ。このままオナニーしろってことか？）

予想だにしない願いに友幸は固まった。自慰がバレただけでも恥ずかしくて堪《たま》らないのに、それを見せろだなんて羞恥の極みである。

「で、でも……そんなこと……」

できるはずがなかった。自慰は一人でコソコソするものであって、他人に見せつけるようなものではない。

「じゃあ……大声出して由紀香を起こしちゃうよ？　この状況で由紀香が来たら、あの子がどう判断するかくらいは……わかるよね？」

奈南は相変わらず微笑を浮かべている。だからこそ、その言葉が恐ろしい。本当に大声を出しかねなかった。

「そ、それは卑怯《ひきょう》でしょ……こんなことで脅さないでよ……」

「脅しだなんて人聞きの悪い。私はお願いしているだけだよ。私は友くんのエッチな姿を見せてほしい。友くんは見られつつも気持ちよくなれる。ウィンウィンじゃん」

さも当然であるかのように彼女は言う。どうやらなにがなんでもオナニーを見ようとしているらしい。

混乱する頭でこの状況をどう切り抜ければいいか考える。が、冷静さを失った頭では、上手い手法など考えつくわけがない。

（うう……なんでオナニーしただけでこんなことに……めちゃくちゃ恥ずかしいけど……仕方がないっ）

煩悩にかまけて自慰に耽《ふけ》った自分が悪いのだ。

観念した友幸は、仕方なくゆるゆると肉棒を握った手を動かしはじめる。

「ねぇねぇ、そんなんじゃダメだよ。ちゃんと……私にはっきりとおち×ちん見せてくれないと」

首を傾《かし》げてのぞきこんでくる奈南は、視線を下半身へと向けている。

「えっ……で、でも、それはさすがに……」

「オナニー見せてって言ってるんだから、扱いている姿を見せてくれなきゃ意味ないでしょ。ほら、隠さないで……えいっ」

奈南が膝立ちになって布団に手をかける。ばさりと勢いよく布団が捲《めく》られた。剝き出しの下腹部に少し冷たい夜の空気がからみつき、怒張はそれだけで大きく脈打ってしまう。

「あっ、ちょっととっ」

「うわ……っ」

大きな瞳をまんまるにして、奈南がぽかんと口を開ける。欲望に満ちた美少女の視線が、若竿の先端から根元までをしっかりと射貫《いぬ》いてきた。

(うう……女の人に、それも子供の頃から知ってる奈南さんに見られるなんて……めちゃくちゃ恥ずかしい……っ)

堪らず身じろぎしてしまうも、肉棒は隠せる状態ではない。鈴口はぽっかりと口を開いて、脈動のたびに卑猥な粘液を滲み出していた。反り返りの周囲には、グロテスクとも言えるほどに血管が複雑に走っては浮かびあがっている。

（こんなのを見たがるなんて……ああ、嫌われたらどうしよう……）

想い人は由紀香であるが、奈南に嫌われるのはつらい。由紀香の親友は友幸にとっては幼なじみである。そんなやさしい関係性を崩したくはなかった。

「これが……友くんのおち×ちん……ああ、すごいね……」

奈南はそう呟いて、感嘆した。瞬きも忘れて友幸の分身を見つめている。その様子には拒絶や恐怖といった様子は感じられない。むしろ、純粋な感動と好奇心が滲み出ていた。

「おち×ちん、大きいんだ……ねぇ、もっと近くでよく見せて……」

奈南の様子は明らかに変わっていた。瞳の潤みはねっとりとして、熱を帯びた顔は陶酔したかのようだ。

（俺のって大きいのか……？）

はじめて言われた言葉に、邪《よこしま》な自尊心が満たされる。

友幸は起きあがると脚を開いて、怒張を奈南の眼前へと差し出した。

「はぁ、ぁ……ずっとビクビクしてる……先っぽがいっぱい濡れて……友くんのおち×ちんが、こんなにいやらしいなんて……」

きっと奈南の鼻腔《びこう》には、ペニスの濃厚な淫臭が充満しているであろう。それでも彼女は少しも肉棒から距離を取ろうとしない。

「ほら、またオナニーして。友くんがどうやっておち×ちんをシコシコするのか、じっくりと見せて……」

「わ、わかったよ……」

淫靡さを漂わせる年上美少女にあてられて、友幸も徐々に理性が溶けはじめていた。肉棒を握り直すと、言われるがままに手筒を擦過する。

(すごい見てる……男のオナニーなんか見て、女の人は楽しいものなのかな?)

奈南の視線は扱かれる肉棒からまったくぶれない。

一方で微かに開いた唇からは、熱い吐息が短い間隔でくり返されていた。ローションがわりの先走り液が泡立つ音と相まって、室内の空気をより淫らなものへと変化させていく。

「……こんなにギンギンなのに、まだ頑張れるんだ。もしかして、友くんって遅漏なのかな?」

さも不思議だと言わんばかりに、奈南が首を傾げながら見あげてくる。

肉棒は限界にまでふくれあがっていた。いつもなら、とっくに射精している頃合だ。

(だって……こんな状況ですぐにイケるはずがないだろ。罪悪感がものすごくて、射精だなんて……っ)

友幸の胸中は由紀香への罪悪感と自己嫌悪が、複雑にからみ合いながら激しく渦巻いていた。脅されて仕方なくとはいえ、本来ならばこんなものを見せてよいはずがない。

「しょうがないなぁ……サービスしてあげるね……」

(なっ、なにを……え、ええっ……?)

友幸は目の前の光景に驚愕した。肉棒を弄る手も止まってしまう。

奈南がパジャマを脱ぎはじめたのだ。プチプチとボタンをはずすと、純白のキャミソールが姿を見せた。うっすらと透けて見えるのは水色のブラジャーだ。

「なっ、奈南さんっ、なにして……っ」

思わず声をあげてしまうも、奈南は「しーっ」と唇に人さし指を当てている。友幸は反射的に息を止めた。

その間にも彼女はキャミソールを脱ぎ捨てると、露《あらわ》になったブラジャーを突き出しながら、背中へと手をまわした。

「ふふっ……イキやすいように特別に見せてあげる。そんなに大きくはないけど……私のおっぱいで興奮できるかな？」

プツンとホックのはずれる音がすると同時に、ブラジャーは一気にたわむ。なだらかな肩から細紐が滑り落ちて――包まれていたものが姿を現す。

（これが……おっぱい……っ。奈南さんのおっぱい……なんてきれいなんだ……っ）

友幸は呼吸するのも忘れて、見入ってしまった。

はじめて見る実際の乳房はあまりにも美しい。強い張りを感じる乳肌は、肌理《きめ》の細かさも相まってやわらかく照り光っていた。サイズは手のひらに収まるほどで、お椀形と言える形をしている。その頂点ではもぎたての木苺を思わせる乳首がふくらみ、周囲にひろがる乳輪は五百円玉ほどの大きさできれいな円を描いていた。

「どうかな……私のおっぱいで……おち×ちん、もっと元気になれる？」

さすがに恥ずかしいのか、奈南の口ぶりはたどたどしいものになっている。常夜灯の中でも、彼女の顔が赤らんでいるのがはっきりとわかった。

「すごいよ……めちゃくちゃきれいで……ううっ」

視覚からの衝撃すべてが股間へと集中していく。ただでさえ限界まで勃起していたのに、さらなる肥大で破裂しそうなほどだ。

「あはっ。おち×ちん、さっきよりビクビクしてる。私に興奮してくれてるんだね。ほら、もっとおっぱい見ていいんだよ……」

友幸の言葉と反応に安堵したのか、奈南はやさしさと淫らさを湛えた笑みを浮かべていた。上体を軽く反らして、ツンとがった乳首を向けてくる。

「ああ、奈南さん……う、ぅっ……」

自然と肉棒を扱く手は速さを増していく。牡としての本能が一気にボルテージをあげていた。

「はぁ、ぁ……すごいね。クチュクチュって音、大きくなって……あぁっ……すごくエッチな匂いまでしてくる……」

興奮しているのは奈南も同じだ。引きしまった腹部と美麗な乳房が、乱れた呼吸に合わせて前後に揺れる。

よくよく見ると、女の子座りをしている下半身までもが妖しく動いていた。

(俺は姉さんが好きなのに……奈南さんとこんなことしたらいけないのに……っ)

自責の念にかられるも、沸き立つ牡欲と悦楽のほうが圧倒的だった。もはや、奈南に対する劣情しか考えられない。

「ほら、私でエッチな妄想いっぱいして。私の身体を撫でたり舐めたり、おっぱい揉んだり吸ったり、まだ見せてない……オマ×コにおち×ちんジュポジュポ入れるの考えて……っ」

発情した吐息を交えて奈南が煽る。

彼女の両手が太ももに乗って、すぐに這いまわるように撫でてきた。

(だっ、ダメだ……っ。もうイッてしまう……っ。イク……っ)

射精欲求の昂った肉体に、ぞくぞくとした刺激はあまりにも酷な愉悦だった。もはや、堪《こら》えることなどできるわけがない。

「奈南さん、どいてっ。もう俺……っ、これ以上は……っ」

「イッちゃうの？　出ちゃうの？　私で射精してくれるの？」

「そっ、そうだよ。ティッシュ使うから、そんなに近くにいると……うがぁ！」

不意に訪れた未知の愉悦に友幸は呻き声をあげてしまう。

蕩けた視界に飛びこんできた光景は、信じられないものだった。

身を乗り出した奈南が亀頭を咥えていた。

(奈南さん、なにしてるんだ！　このままだと口に出して……ああ、ダメだ。呑みこまれていく……っ)

友幸の焦りをあざ笑うかのように、奈南は唇を滑り進める。

眉をハの字にしながら見あげてくる表情は、ゾクリとするほどに淫蕩だった。

「んふっ……ほりゃ、出していいんだよ……このまま思いっきりイッて……っ」

勃起を咥えながら舌足らずに言うと、奈南が顔を前後に振りはじめる。雁首から肉幹の中腹にかけてを往復されただけで、下腹部から脳天に甘い痺《しび》れが貫いた。

(奈南さんの口の中、温かくてトロトロでめちゃくちゃ気持ちいい……っ。こんなの耐えられない……っ)

蕩けた口内粘膜が肉棒表面に吸着しながら、じゅぷじゅぷと音を立てて前後に滑る。

艶やかな黒髪から上り立つ甘い芳香、せつない表情で必死に顔を振り立てる奈南の姿、もう限界だった。

「うぐっ……でっ、出る、あ、あぁ……っ」

ドクンと下腹部の奥底で欲望が弾《はじ》け飛ぶ。無意識に腰を突き出してしまうほどの激しい射精がはじまった。

「んぶっ！　んぐぐ……んはっ……きゃんっ」

勢いに驚いたのか、奈南はまんまるに目を見開くと、口腔から肉棒を放してしまった。

ビンっと勃起は跳ねあがりながら、白濁液を撒《ま》き散らす。奈南の口もとや頬に顎、首すじと乳房へと牡液が降りかかってしまった。

(奈南さんの顔に精子が……っ。けれど……ああっ、止まらない……っ)

いつものオナニーではありえない圧倒的な射精快感と粘液の量に呆然《ぼうぜん》としつつ、友幸は白濁に汚れていく奈南を眺めることしかできなかった。

(すごいよ……こんなにいっぱい……熱くてとてもエッチな匂いがする……っ)

降り注ぐ精液を浴びながら、奈南は陶然としていた。

付着した淫液の熱さが肌から染み入り、牝としての本能を昂らせる。

「はぁ、ぁ……はぁ……ふふっ、本当にいっぱい出したね。ごめんね。全部受け止められなかった……」

ドロリと滴る白濁液の感触に、自然と身体が震えてしまう。一拍ごとの胸の鼓動は大きくて、心なしか乳房までもが揺れていた。

「ごっ、ごめんなさいっ。今、拭き取るから……っ」

ぼおっとしていた友幸はハッとして、焦るようにティッシュ箱へと手を伸ばす。

その腕を奈南が制止した。

(拭き取るなんてそんな……もったいないことするわけないじゃない……)

長年にわたって思い描いていた友幸との淫行だ。浴びた精液はどんな少量であろうと愛おしくて仕方がない。

(口の中にも精子が……これが、友くんの味なんだ……)

口内粘膜にからみつく牡液は、射精直後に肉棒を逃してしまったので量は少ない。

それでも、濃厚さと卑猥な香りは奈南の女としての情欲を猛烈に滾らせていた。口内の感覚は股間へダイレクトに繋《つな》がって堪らないほどの疼《うず》きを生む。

「んくっ……んんっ……」

唾液と混ぜ合わせた精液をゆっくりと飲みこんだ。身体の内側からじわりと官能の炎《ほむら》が燃えひろがる。

「え、ええっ……マジで……?」

奈南の行為を信じられないといった感で、友幸が驚愕の視線を向けてくる。その眼差しに肌がチリチリと焦げついて仕方がない。

(友くんが見てくれてる……女として、エッチの相手として見てくれている……)

性の対象として見られることは、長年の夢だった。それがついに叶っているのだ。

(もっと私を見て……友くんが欲しくて堪らないの。友くんが見てくれるなら、もっとエッチな女になれるんだから……）

頬や顎にこびりついた白濁を指で救い取って、唇へと運んでいく。じゅぱっとわざと音を立てつつ、見せつけるように舐めしゃぶった。

「首も鎖骨も……おっぱいも友くんに塗《まみ》れてあったかいよ……あ、ぁ……」

小麦色の肌に牡液を塗りひろげると、ぬめりに肌が妖しく輝いた。火照った身体に熱せられ、精液の卑猥で濃厚な匂いが奈南を包む。

（ああ……この匂い、好きかも……ううん、友くんの精液だから好きなんだ……）

普段の奈南を知る人間ならば、きっと卒倒するであろう変態じみた行為に、奈南は自分で自分に酔っていた。友幸への好意が淫猥さに昇華して、もはや自分が止められない。

（だってしょうがないもの。私は……ずうっと前から、友くんのことが好きだったんだから……）

幼少の頃から由紀香とは深い友情で結ばれている。それは同時に、彼女の弟である友幸とも幼なじみであるということだ。

いちばん身近にいた異性である以上、幼い頃に意識してしまうのは当然だった。ただし、自我もロクに形成されていない幼少期の想いなど、成長するにつれて薄れて消え去るのが普通であろう。

（でも、私の気持ちは消えなかった……むしろ、歳を重ねるごとにどんどん強くなっていった……）

さっさと「好き」だと伝えればよかったのかもしれない。しかし、行動に移すことはできなかった。

（だって、友くんは二つも年下……年上から求愛されたって、友くんからすれば迷惑だと思ってたし……）

十代にとって二つの歳の違いはあまりにも大きい。その障害を越えることは、簡単ではなかったのだ。

そんな鬱屈とした思いはやがて、ある行動へと移ってしまう。

中学三年生のときだった。奈南は彼氏を作ったのだ。

相手は告白してきた同級生で、サッカー部の主将をしていた。

（彼氏を作れば、友くんへの想いも消えると思った。告白されたのはうれしかったし、彼は私を大切にしてくれた……）

彼とはデートをしたし、キスもした。そして——。

（はじめてのエッチも……してしまった）

健康な少年少女がつき合えば、いずれはそうなるのが当たり前である。

だが、それがかえってよくなかった。破瓜《はか》のあとで、奈南はとてつもない後悔に襲われたのだ。

(友くんから逃げて、そのかわりに彼とつき合って……本当に最悪な女ね、私……)

結局、心に嘘はつけないのだ。

彼とは奈南から別れを告げた。その日の夜は、自分の愚かさや浅ましさが心の底からいやになって、延々と泣いてしまった。

だが、それを経たからこその今なのだ。もう二度と後悔などしたくない。できることをすべてして、友幸を自分の男に、自分を友幸のものにする。奈南は必死だった。

「奈南さん……ど、どうしてそんなこと……」

呆気《あっけ》にとられた友幸の声はかすれていた。それでも、天井を向く禍々《まがまが》しいまでの勃起が彼の本心を主張している。

「どうしてって……決まっているじゃない。私は……友くんが好きだからだよ」

告白の言葉は、自分でも驚くほどすんなりと口を出た。

(ここまでやっちゃったんだ……今さら、なにも隠すことなんかない……)

告白以上に勇気のいることをしてしまっている。好意を伝えることなど、今となっては造作もないことだった。

「……っ」

友幸の顔は驚きに固まっていた。驚きの連続で混乱させているのかもしれないが、奈南は構わず言葉を続ける。

「ずっと好きだった。ちっちゃい頃からずうっとね。じゃなきゃこんなこと……」

思えば、幼少の頃から由紀香と遊ぶことよりも、友幸と会うことのほうを重視していたかもしれない。蓄積し、肥大した想いは、華奢な奈南の身体ではもはや堪えきれず、溢れ出させるしかなかったのだ。

(私の想い、今日ですべて伝えてあげる。私の身体も心も全部、友くんに差し出してあげるの……っ)

呆然とする友幸は、今も肉棒をビクビクと震わせている。

奈南は火照った顔で妖しく微笑みながら、今いちど肉棒に舌を這わせた。

「ううっ……待って……イッたばかりだから……っ」

友幸は苦悶の表情を浮かべるも、それすら奈南には愛おしい。女として満たされていくのを感じつつ、亀頭を咥えてからゆっくりと呑みこんでいく。

(ああっ、すごい硬くて大きい……こんなのたまんない……っ)

先ほどは中腹までだった口唇愛撫を、今度は根元まで施していく。喉奥に亀頭が潜りこんでえずきそうになることすら甘美に思えた。

(友くん、気持ちよさそう……ふふっ、おち×ちんもこんなに震えて)

口内で戦慄《わなな》く怒張を愛《め》でたくて仕方がない。奈南は頬を窄《すぼ》めて吸引しつつ、ゆっくりとストロークさせていく。じゅるると卑猥な音が静かな寝室に響き、同時に少年が悦楽に呻いた。

「友くんの味がとっても濃いよ……はぁ、ぁ……これ、好きぃ……」

「そんなこと言われるのは恥ずかしい……ううっ……」

唇を滑らせるだけでは飽き足らず、舌までねっとりとからませる。漏れつづけるカウパー腺液を舌先で舐めあげれば、その濃さに身体の芯が甘く痺れた。

(しゃぶるだけじゃ物足りない……フェラだけなんて、私が我慢できない……っ)

ちゅっと牡蜜を吸いあげてから肉棒を解放する。

猛々《たけだけ》しい剛直は、唾液に濡れ光りながら再びの吐精を懇願していた。

「ねぇ、友くん……」

濡れた口もとをそのままに、奈南は甘い声で尋ねる。

友幸はトロンとした瞳を向けて「なに？」と小さく返してきた。

「私はね、好きな人にはとことん尽くしたいの。それはエッチも同じだよ……」

奈南はそう言ってからゆっくりと立ちあがる。奈南のショーツの目の前には、友幸の双眸があった。

（私も見せてあげなきゃ……私のすべてを友くんに見てもらうの……）

くっと恥丘を軽く突き出す。それだけで股間の奥底から入口にかけてを、熱さがじわりと染みわたった。

「見せてあげる……見てほしいの。私のアソコ……オマ×コを友くんにあげるね」

ショーツのゴムに指をかけ、ゆっくりと引き下ろしていく。

友幸の喉仏が大きく上下に動くのが見えた。視線は股間をじっと見つめている。

（恥ずかしいけど……友くんが喜んでくれるだろうから……私の恥ずかしいところ、じっくりと見て……っ）

健康美あふれる小麦色の太ももを水色のショーツが滑り落ちる。パサリと微かな音を立てて、薄布はくるぶしへと落下した。

「あっ……あぁっ……」

まんまるに目を見開く友幸は、指一本動かさない。硬直した状態で、ついにさらけ出した股間を見つめていた。

「友くんはおち×ちんを大きくしてくれたけど、私はね……」

肩幅くらいに脚を開く。腹部を伝って指先をこんもりと盛りあがった恥丘へと滑らせた。

薄い繊毛をかいくぐり、指先を自らの秘裂へと忍ばせる。

「はぁ、ぁ……はぁ……んんっ」

発情の吐息に甘い声が混じってしまう。同時に、くちゅりと卑猥な水音が響いてきた。指先に生ぬるいとろみがからみつく。

（ああ……もうこんなに濡れてる……まわりにまで溢れてる……）

ふっくらとした大陰唇が粘液に塗れていた。きっと肉ビラを捲れば、おびただしいほどの愛液が滴り落ちてしまうであろう。

「見て……私ね……こんなに濡らしちゃってるんだよ……」

小陰唇の脇にV字にした指を重ねて、ゆっくりと開いていく。ぷちゅぷちゅと淫らきわまる音色とともに、媚粘膜が露出する。

「こ、これが……奈南さんの……お、おま……っ」

「そう……これが私のオマ×コだよ。あぁ……ダメぇ、じんじんしちゃう……」

外気にさらされた膣粘膜が、気温差も相まって卑猥な収縮をくり返す。蜜壺内を満たしていた淫液がとろりと漏れ出ていくのが自分でもわかった。

（はぁ、ぁ……腰が動いちゃう……意識しているわけでもないのに、勝手にゆらゆらって……私ってここまでエッチだったんだ……）

不思議と恥ずかしさよりも悦《よろこ》びのほうが勝っていた。友幸を相手に自分の本性をさらけ出せた事実が、女としての幸福感を昂らせていたのだ。

「友くんに教えてあげるね。女の子はね、好きな人相手にはエッチなんだよ……だから……お願い……」

驚きに固まっていた友幸が視線だけを奈南の顔へと向けてきた。発情した少年と少女の視線がしっかりとからみ合う。

続きの言葉は、自然と唇から漏れていた。

「私と……エッチしよ？」

3

衝撃と表現するのも生ぬるい言葉に、友幸は絶句するしかなかった。

女友達もおらず、彼女だっていたことのない童貞少年には、あまりにも刺激の強い懇願だ。

（奈南さんが……俺のことを好きだって……そんなバカな……）

彼女が自分のどこを好きになったのかまるでわからない。奈南からすれば自分など、ただの年下の幼なじみでしかないと思っていた。

（でも、好きって言われて、悪い気はしない……）

面と向かって好意を伝えられたのは人生ではじめてである。しかも、相手は奈南という健康さを溢れ出させる美少女だ。

そんな彼女が自分と男女の契りを結びたがっている。普通ならば、僥倖《ぎょうこう》とばかりに浮かれるのがすじであろう。

（俺だって、こんなおっぱいやオマ×コを見せられて、エッチしたいのは間違いない。けれど、本当にいいのか……俺は姉さんが……）

脳裏に浮かぶのは由紀香の存在だ。恋い焦がれる実の姉への想いは間違いない。そんな感情を抱きつつ、一時の欲望に身を任せるのは過ちだと理解している。

（しかし……奈南さんが俺を求めてくれてる。こんな……きれいな身体を俺に差し出してきている……）

目の前で嫣然《えんぜん》とする奈南に目をやれば、自然と勃起が力強く脈を打つ。

眼前にさらされた膣膜は、無修正のポルノ動画で見たどの女たちよりも魅力的に見えた。

薄い陰毛を添えながら、ぱっくりと開いた花弁は溢れる蜜に妖しく光る。包皮を脱ぎ捨て完全に露出した陰核は、小指の先ほどの大きさにまでふくれて弾けそうだ。鮮やかなサーモンピンクの淫膜はいくつもの襞が重なりながら、なにかを求めるかのように淫らに蠢《うごめ》きをくり返していた。よくよく耳をすませると、収斂《しゅうれん》に合わせてクチュクチュと粘着質な音まで立っている。狭い洞からはじわじわと淫蜜が溢れ出て、いくつかの雫《しずく》が糸を引きながらゆっくりと垂れ落ちていた。

「友くん……いいかな、私としてくれる？」

緩慢に腰を揺らしながら奈南が尋ねる。

むわりと嗅いだことのない生々しい匂いが鼻孔をくすぐった。それが女膜からの淫臭であると本能で直感する。

（むっ、無理だ……我慢なんてできない……っ）

友幸の中でなにかが弾けた。由紀香への罪悪感やうしろめたさが消えたわけではないが、男としての欲望が一気に限界値を突破したのだ。

「友くん……っ」

良識を打ち破った刹那、堪えきれなかったのか奈南が勢いよく抱きついてきた。少女の甘く爽やかな香りが濃さを増して友幸を包みこむ。

そのままうしろに倒されて天井を見あげると、うっとりとした表情の奈南がいた。

「ごめんね……答えを聞こうと思ったけど……もう我慢できないの。私から友くんにエッチしちゃってもいいよね……？」

濡れた瞳が友幸を見下ろしてくる。ただでさえ美しい少女の淫靡さを混じえた表情は、破滅的なまでに魅力的だった。

「なっ、奈南さん……本当に……っ？」

「そうだよ、本当にしちゃうんだから……私はずっと昔から……エッチってものがあると知ったときから、友くんと……っ」

仰向けの友幸を跨《また》いだ奈南が、ゆらゆらと探るように腰を揺らしている。ビクつく怒張を摑《つか》み取り、垂直に固定した。

張りつめた亀頭の表面に、湿り気を帯びた熱さが間近に迫る。

「いくよ……私のオマ×コ……いっぱい感じてね」

ゾクリとする淫らな微笑みは、次の瞬間、「んんっ」と甘い声とともにせつなそうなものになる。

先端に熱く蕩けた媚膜が吸着した。じわじわと肉棒が滾る蜜壺の中へと呑みこまれていく。

「ううっ……あ、あっ……すごい……太いぃ……っ」

腰を下ろしながら奈南の身体は震えている。

一方で友幸には、そんな彼女の様子に気づく余裕など微塵《みじん》もなかった。

(なんだ、これ……っ。これがオマ×コ……気持ちいいなんてもんじゃない……っ)

はじめて味わう快楽は、想像をはるかに超えるものだった。窮屈な膣道がきゅうっと締めつけては、破壊的な悦楽が全身を駆けめぐる。あまりの喜悦に、奈南の太ももやシーツを摑んでしまう。

「中がひろがって……んあ、あぁ！」

ついに肉棒は根元までもが奈南の中へと埋《うず》まってしまう。

ペニス全体に強烈な圧迫と甘やかな愉悦が襲ってきた。絶え間ない刺激に、自ずと奥歯を嚙みしめてしまう。

(ヤバい……めちゃくちゃ気持ちいい……っ。オマ×コがうねうねしてて……入れてるだけで感じてしまう……っ)

うっすらと瞼《まぶた》を開いて奈南を見る。

彼女は瞳を閉じながら、なにかを堪えているような表情だった。身体は先ほど以上に小刻みに震えている。艶やかな髪の数本が、額や頬に貼りついていた。

「は、ぁ……あぁ……やっと……友くんとエッチできた……」

陶酔したように奈南は呟く。そして、嫣然とした顔が近づいてきた。

互いの熱い吐息が混じり合う。瞬間、濡れた唇と唇が静かに重なった。

(キス……してる……ああっ、舌まで入れてくるなんて……っ)

当たり前であるかのように、奈南の舌が口内で這いまわる。まるで味わうかのような、ねっとりとした動きだ。

「んんっ……んちゅ……ふぁ、ぁ……友くんとのチュー、気持ちいいよぉ……」

(俺も……気持ちいい。チ×コも口も気持ちよくて……もう頭がまわらない……)

自然と友幸も舌を差し出していた。奈南は舌と舌が触れ合った瞬間に、情感たっぷりにからませてくる。クチュクチュ、ピチャピチャと悩ましい音色が静かな室内に響きわたった。

「んぐっ……んんっ、な、奈南さん……」

「んふっ……ダメぇ……もう奈南さんだなんて呼ばないで。昔みたいにナナちゃんって呼んでぇ……」

甘く媚びるような声色で言う。

ナナちゃんとは幼少期の呼称だった。当時の友幸は何度も「ナナちゃん」と連呼していたことを思い出す。

（小学校の高学年くらいに、ナナちゃんって呼ぶのが恥ずかしくなってやめたんだ。子供の頃の呼びかたを今、エッチしているときに言えだなんて……っ）

純真無垢だった頃の思い出が、爛《ただ》れたものに上書きされようとしている。

躊躇《ためら》いはあった。が、それは一瞬のものでしかなかった。背徳感は今、この場では淫悦を昂らせる要素でしかない。

「ナナちゃん……ああっ、ナナちゃん……っ」

気づくと、かつての呼び名を連呼していた。それとともに、グイッと腰を押しあげてしまう。

「んひぃ！　あ、あぐっ……奥にグリグリくる……ぅ！」

奈南が首を反らして、身体をビクンと震わせた。弾みで腰が大きく揺れ動く。

結合部からはグジュっと粘液の弾ける音が聞こえて、ふくらんだ陰嚢に熱いとろみが流れていくのが感じられた。

（ナナちゃんのいちばん奥、めちゃくちゃ熱い……うう、気を抜くと射精してしまい

そうだ……っ）

圧迫からの愉悦に熱が加わり、射精欲求は限界間近だった。なんとか射精を堪えようとするも、肉棒の脈動までは止められない。力強い戦慄きは、射精へのカウントダウンだった。

「ね、ねぇ……このままだとマズい……俺、もう出そうで……っ」

はぁはぁと切迫した吐息を交えながら、絞り出すようにして友幸は言う。

奈南の顔がキョトンとしたものになる。が、それは一瞬の表情だった。彼女は淫らでいたずらな笑みを浮かべると、ふふっと小さく笑った。

「中でビクビクしてるの、よくわかるよ……そっかぁ……友くん、もう出したくなっちゃったか……」

ゆっくりと結合が解《ほど》かれていく。いったん抜き取ろうというのであろう。少し惜しい気もするが、このまま膣内射精するよりはいい。

しかし、その動きは肉幹の中腹付近でピタリと止まった。

「……抜くと思った？」

不思議に思って奈南を見あげる。ニヤリとした顔がそこにはあった。

「えっ……」

乾いた声を出した瞬間、奈南が股間を打ちつけた。濡れた肉がパチュンとぶつかり合い、粘液が溢れ出る。

「ううぅ！」

不意の蜜膜からの刺激に全身が総毛立つ。ブルブルと身体が震えて、肉棒は狂ったように跳ねあがった。

「ああっ。せっかく繋がったんだよ……抜くわけ……ないじゃない。あ、あんっ」

打ちつけた下腹部をグリグリと擦《こす》りつけてくる。淫蜜を攪拌《かくはん》するグシュグシュという音をさらに大きくするように、奈南は腰を前後左右に振り立てた。

（このままじゃ出る……っ。もう我慢なんてできない……っ）

熱烈な腰の動きとともに、膣膜の収縮も激しさを増していた。先端から根元にかけて、きゅうきゅうと締めつけてくる女膜の愉悦に、限界はすぐそこまで迫っている。

「ナナちゃんっ、出るっ……出ちゃうから、抜いてっ」

膣内射精がなにを意味するかくらいはわかっている。奈南に子種を注げば、恐ろしい結果が訪れてしまうかもしれない。それだけは避けねば、と思った。

だが、奈南は退《の》こうとはしない。それどころか、より膣奥を押しつけては、腰の動きを激しくしてきた。

「抜かないからっ。出していいんだよ。私のいちばん奥に出してっ。私の中で思いっきりイッてぇ！」

愛液に滑《ぬめ》る蜜壺を戸惑うことなく上下に振り立てる。バチュバチュと卑猥きわまる打擲《ちょうちゃく》音に、奈南の官能の吐息が混ざりつづける。

（もっ、もうダメだ……っ）

「で、出るっ、う、ううっ！」

理性や良識は沸騰する本能の前では無力だった。肉棒すべてが弾け飛ぶような感覚のなか、激流となった白濁液を噴出してしまう。

「あ、ああっ、出てるっ、熱いのがいっぱいぃ！」

射精の最中であっても奈南の腰は止まらない。注ぎこまれる牡液すべてを取りこもうとして、グッグッと股間を押しつけてくる。

（イッてるのにっ、射精しているのに気持ちいいのが止まらないっ）

オナニーではありえない巨大な射精感と同時に、喜悦は止めどなくこみあげる。すべてを出し終えた肉棒は、角度と硬度を維持したままだった。

「ふ、ぁ……ぁっ……んんっ……中がまだひろげられてる……ふふっ、二回もイッたのに元気すぎじゃない？」

奈南はそう言うと、恍惚《こうこつ》とした様子でため息をつく。小麦色の肌にはしっとりと汗が滲み出ていた。

「入口から奥まで……ビクビクって震えてるのが伝わって……はぁ、ぁ……お腹の奥がとっても熱くて幸せぇ……」

張りを湛えて引きしまった腹部に手を当てる。精液が滞留しているであろう部分を撫でる手つきは、卑しさと神聖さを併せ持っていた。

(出してしまった……中に……どうしよう……)

性欲に身を委ねただけでは飽き足らず、もっとも忌避しなければならない生殖行為までしでかしてしまったのだ。言いようのない焦燥感が襲ってくる。

「んんっ……中に出したのを気にしてるの？」

友幸の様子に気づいた奈南が、微笑みを浮かべながらのぞきこんできた。

「いいんだよ、私が欲しかったんだから。キスもエッチも中出しも……友くんのはじめて、全部もらえてとっても幸せなの……」

そう言って、再び唇を重ねてきた。情感たっぷりに舌がくねって口内を弄られれば、得も言われぬ心地よさに思考がドロリと溶けていく。

「……今度は友くんから求めて。私の身体はすべて、好きにしていいんだから。私を……友くんに染めあげてっ」

明るく快活な幼なじみの姿はもはやない。目の前にいるのは、情欲に身を焦がす若くて卑猥な一匹の牝だった。

自然と友幸は生唾を飲みこむ。肥大しつづける肉棒が大きく跳ねた。

結合部の隙間から、愛液と精液とが混ざり合いながら漏れ出ていた。

むせ返ってしまいそうな濃厚な淫臭に包まれながら、友幸は再び怒張をくり出していった。

第二章　恋する乙女

1

「友くん、友くんっ、今度はあれに乗ってみようよっ」

「えっ……あれはちょっと……あっ、勝手に行かないでよっ」

天気のよい休日に、人々の無邪気な喧騒《けんそう》が青空へと響きわたる。

友幸は奈南とともに、遊園地に来ていた。紛うことなきデートである。

「ほら。早く、早くっ。遊園地といったら、ジェットコースターでしょ！」

「いや、だからといって、これじゃなくても……ほかにもジェットコースターはいくつかあるんだし……」

「なに、言ってるの。この遊園地に来たら、あれに乗らなきゃ意味がないじゃん」

奈南が指をさす先には、この遊園地のシンボルとも言える巨大なジェットコースターがあった。レールは起伏が激しいだけでなく、急カーブを何度も描き、なぜかループまでをも備えている。

（……絶対にいやだ）

もともと絶叫系のアトラクションは、得意ではないのだ。

だが、奈南は違うらしい。彼女が選ぶアトラクションはほとんどが絶叫系だった。さっきまでだって、フリーフォールやバイキングなどに連れられて、友幸はもうヘトヘトなのだ。

「せめて……ちょっと休憩を挟もうよ。さすがに絶叫マシンに連続で乗るのは……」

「でも、ちょうど待ち時間も少ないっぽいし。今を逃したら、一時間単位で待たされちゃうよ。だからね、今のうちに行っちゃおう！」

ガッと友幸の手を摑んだ奈南は、待ちきれないといった感じで競歩でもするかのようにズンズンと歩いていく。

（うう……ナナちゃん、わりと鬼だな……）

乗る前から気分を悪くしつつ、友幸はげんなりとため息をつくしかなかった。

「大丈夫？　顔色、よくないよ」

小洒落たベンチに二人並んで腰かけながら、奈南が顔をのぞきこんでくる。

「うん……大丈夫だよ……たぶん」

実際のところは、まったく大丈夫ではなかった。正直、リバースする一歩手前である。

（もう二度と乗らない……あんなのを作った人間は万死に値する……）

例のジェットコースターは友幸の三半規管を直撃するものだった。見ているだけでもすごかったものは、実際に乗ってみると、その何倍もの凄《すさ》まじさだったのだ。

「ごめんね……私が無理やり乗せちゃったから……」

しゅんと申し訳なさそうな表情を浮かべる奈南に、友幸のほうこそ申し訳なく思ってしまう。

「いや……悪いのはあんなのを作った連中だ……俺こそ、せっかくナナちゃんが楽しんでいたのに……ごめん……」

彼氏として振る舞うと決めたのに、これでは面目もなにもない。きっと傍《はた》から見れば、情けないことこのうえないであろう。

しかし、奈南はふるふるとやわらかく頭を振ると、友幸との間を少しく開けて、ポンポンと自らの太ももを軽くたたいた。

「ほら、おいで。横になれば楽になるのも早いでしょ」

「えっ……それは、さすがに……」

「いいから、ほらほらぁ」

奈南は肩に手を置くと、そのまま自身のほうへと引っぱってしまう。

ぽふんと頭にやわらかさと張りを湛えた、絶妙な心地よさが訪れた。まさかの公衆の面前での膝枕だった。

(うれしいけど……けど……めちゃくちゃ恥ずかしいんだけど……っ)

気分の悪さを乗り越えて、羞恥が全身へとひろがっていく。青かった顔が、一気に真っ赤に染まっていくの自分でわかった。

「ふふっ。こういうバカップルみたいなこと、やってみたかったんだよね」

目の前で奈南がいたずらな微笑みを浮かべている。すみわたった青空を背景にして、その姿は輝いているかのようだ。ただし、奈南の頰も若干ピンクに染まっている。友幸と同じく、恥ずかしさは感じているのだろう。

(周囲の目が痛い……まさか、自分がこんなことをする側になるなんて……っ)

通りすぎる人々の視線が突き刺さるように痛かった。ただでさえ奈南は美少女ゆえに目立つのだ。そんな彼女がぱっとしない自分に膝枕をしているのだから、衆目を集めるのは当たり前である。

「気分がよくなるまでこうしてていいからね。もちろん、よくなっても膝枕されたかったら、ずっとしてていいし」

そう言って、奈南がやさしい手つきで頭を撫でてくれる。あまりの心地よさに、ほわんと意識が遠のきはじめた。

(ああ、幸せだ……やっぱり、ナナちゃんとつき合って正解だった……)

骨の髄まで多幸感に痺れながら、友幸は身じろぎをする。

瞬間、嗅ぎなれた生々しい匂いが鼻腔に触れた。

「えっ……」

思わず疑問の声をあげる。間違いかと思って、もう一度だけすんと鼻を鳴らしてみたが、微かながらも匂いは間違いなく漂っていた。

「……気づいちゃった？」

奈南がニヤリとして囁いてくる。

その表情に友幸はハッとした。先ほどまでの聖母のようなものとはまるで違う。醸し出す雰囲気は、淫靡さに満ちあふれていた。セックスを求めてくるときのそれである。

「な、ナナちゃん……まさか……」

驚きに声を震わせると、奈南は周囲に視線を配る。それから、友幸の頭の下敷きになっていたフレアスカートを引きずり出すと、指で摘まんで内部を見せつけた。

「なっ……」

驚愕のあまり、友幸は絶句した。

披露したスカートの中は、なにも穿かれていなかった。肌理の細かい小麦色の太ももの奥では、ふっくらした恥丘の上で、薄い繊毛がそよいでいる。

「さすがにここでは思いきり見せられないけど……ちょっとだけ……ね」

奈南がじわじわと両脚をひろげていく。張りを湛えた太ももが左右に開き――クチュと微かに音を立てた。

(めちゃくちゃ濡れてるっ。まわりどころか、太ももにまでヌルヌルに……っ)

卑猥な光景に目を見張る。今までにないくらいのひどい濡れ具合だ。

「はぁ、ぁ……今日はずっとね、ノーパンだったんだよ。友くんがしたくなったらすぐにできるようにと思って。それに……私が変態でエッチなことをするの、友くんはとっても喜んでくれるから……」

奈南の吐息は艶っぽいものになっていた。それに合わせるかのように、スカートの奥からは粘着質な音が響きつづけている。

奈南の爽やかな芳香とともに、女特有の発情臭が濃厚に漂ってくる。男とっては、何ものにも代えがたい魅惑のフレグランスに、友幸の下腹部にはあっという間に熱さがこみあげていた。

(いくらなんでも見境がなさすぎるだろ……じゃあ、絶叫マシンに乗っていたときもノーパンだったってことか……)

おそらく、家を出るときから彼女は股間を剥き出しにしていたのだ。自分と待ち合わせ、電車に乗り、園内を歩きまわって、アトラクションに乗り……その間、ずっと陰唇を露出させていた。あまりの恥態に、考えるだけで気が遠くなってしまう。

「ふふっ……少しは気分よくなった？　アソコ……元気になってるよ」

パサリとスカートを下ろしてから、奈南が媚びるような声色で呟いた。

股間に生じた熱は、そのまま勃起へと変化している。衆人に見せつけるかたちになってしまったことに気づいて、堪らず身体を起こした。

「ねぇ……友くん、あのね……」

奈南が恥ずかしそうに身体を捩る。溢れ出る官能の雰囲気に、彼女がなにを言おうとしているのか瞬時にわかった。

「……もう出ようか」

いきり立つ肉棒に、友幸はもはや抵抗できない。身体を蝕《むしば》む劣情に、中学生が自制できるはずがない。

「……うん」

ゾクリとする淫らな微笑みを浮かべて奈南は頷《うなず》く。

しばし無言で見つめ合った。傍から見れば、バカップルが二人の世界に入っているだけに見えるだろう。

それは間違ってはいない。ただし、その世界はひどく淫猥なものである。

(こんなエッチまみれの関係でいいのかな……もし、姉さんと遊園地に来ていたらって……なに考えてるんだ、俺はっ)

この期に及んで由紀香への未練が頭をもたげて、慌てて邪念を振り払う。もう由紀香のことを考えるのはやめなければならないのだ。

手を繋いできた奈南が、きゅっと握りを強くした。ちらっと見た彼女の顔には、淫靡さの中に自分への確かな恋情が滲み出ていて、友幸の胸中にはうれしさと一抹の罪悪感とがこみあげた。

2

（はぁ、ぁ……どうしよう……私、どんどんエッチでとんでもない女になってる）

二人は解体間近の廃ビルの中にいた。

遊園地を出てから駅までの途中で偶然見つけた場所だった。廃墟は不良や浮浪者が忍びこんでいることがあると聞くが、幸いにも誰かが居座っている形跡はない。

（毎日、どれだけエッチなことをしても物足りないの……友くんが私を見てくれていると思うだけでうれしくて、もっと見てもらいたくて変態的なことすら厭《いと》わなくなってる……）

家を出る直前まではショーツを穿いていた。しかし、友幸に自分をもっと意識させたいと思い、気づくとショーツを脱ぎ捨て、カバンに詰めこんでいたのだ。

恋する乙女として、もっとかわいいやりかたはあるであろう。料理を作るとか、手作りのなにかをプレゼントするとか、方法はいくらでもある。

（でも、どれも私にはできない……上手になんてできる自信がない。だって、由紀香と比べたら……）

じわりと胸中に痛みが生まれる。どんなにあがいても敵《かな》わない、しかし、決して負けてはいけない相手だ。

（私はどんなことをしてでも、友くんを自分にぞっこんにさせるの。じゃないと、友くんの心はいつまでも由紀香へのまま……）

友幸の本心が由紀香へと向いていることは、とっくの昔からわかっていた。それをわかったうえでの関係なのである。

（姉弟で結ばれるなんてありえない。あったとしても、絶対に二人とも不幸になる。友くんにそんな思いをさせたくない……っ）

好いた相手の幸せを願うのは当たり前だ。ならば、自分が彼を幸せにしなければ、と思う。

（私が友くんを救ってあげるの。由紀香のことを諦めて、忘れてもらうにはなんだってする……っ）

自身の淫乱ぶりには正当な理由がある。奈南はそう意識して、脳内にこびりつく罪悪感めいた邪念を振り払った。

「ナナちゃん……ホントにここで……？」

窺うようにして、友幸が言う。

いくつかのスチールデスクが置かれているだけのガランとした空間では、小さな声さえ響いて聞こえた。

「うん……だって……家まで我慢なんてもうできないんだもん……」

股間の疼きは限界に達している。きっと、剝き出しの陰唇は、今この瞬間にも甘美を求めて収斂をくり返しているであろう。

（アソコのまわりが……内股までもがヌルヌルしてる……ああ、どんどん溢れてくるのが自分でもわかっちゃう……）

吐息が熱さを増しつつ大きくなり、目もとと脳内がぼんやりとしてしまう。こみあげる愛欲への期待に、腰が揺れている感じがした。

「ねぇ、見て……朝からまる出しで、ずっと濡らしつづけてるオマ×コ……いやらしい私を見て……」

ガーリッシュなフレアスカートをゆっくりとたくしあげていく。戸惑いはない。友幸への恋情が、自分をどこまでも大胆にしてしまっている。

「ああ、すごい……っ」

目の前でしゃがんでいた友幸が目を見開いた。欲情に塗れた視線が、奈南の下半身を甘く貫いてくる。

露出したスカートの中は、壮絶なことになっていた。愛液を漏らしながら歩いていたせいで、内ももにはべっとりと愛液がひろがっている。見下ろす自分にまで卑しい匂いが漂ってきていた。

「早く触って……入れたかったら入れてもいいし。もう、オマ×コがせつなくて、私……んひぃっ！」

淫らな懇願は、不意の刺激で叫びへと変わった。

膝をついた友幸が、濡れそぼる陰唇に舌を這わせはじめたのだ。

「んじゅっ……はぁ、すごい……っ。こんな濡らして……んんっ」

太ももを掴みつつ一心不乱に舐めまわす。技術もなにもない本能に則《のっと》った荒々しい舌戯だ。きっと、彼の中で理性や常識などは完全に吹き飛んでしまったのだろう。

「ん、ああっ……そ、そう……っ、もっと舐めてっ……好きなようにいっぱい舐めてぇ！」

肉ビラを舐められ、膣口を穿《ほじ》られ、陰核を突かれては、陰唇全体を啜《すす》られる。すべての刺激が強烈な官能となってどうしようもない。

自然と腰がカクカクと前後に動き、吐息とともにはしたない声をあげてしまう。

(友くんが必死になって舐めてくれてる。いつもはやさしくてかわいらしさもあるのに、今は私を貪ろうとしてくれてる……っ)

獣のように自身を求めてくる彼の様子が、こみあげる淫悦とともに奈南の女の部分を翻弄《ほんろう》してくる。

見知らぬ廃ビルで性行為をしている異常な状況も相まって、奈南の意識はあっという間に深いピンクに染まってしまう。

「あ、ああっ……友くん、すごいよぉっ。気持ちよすぎて……はぁ、あっ」

絶えることのない愉悦に、もはやまともに言葉も発せない。膣奥がせつなく締まり、牝の本能がさらなる快楽を欲してしまう。

「脚までオマ×コ液でベトベトにしてっ。ああっ、いやらしすぎて堪らないよっ」

内ももに濡れひろがった粘液までをも舐め取る友幸は、すでに顔を真っ赤にしている。それでも、決して口舌愛撫をやめようとはせず、内ももを舐め終えると、すかさず淫膜へと食らいついてきた。

「あ、はぁ、ぅ……っ。そんな中まで舐めちゃ……は、あぁ!」

すっかり解《ほぐ》れた膣口をこじ開けて、熱くて愛しい舌粘膜が侵入してくる。

立っていられなくなった奈南は背後にあったデスクに手をついた。無意識に股間を突き出してしまう。収縮する膣膜を押しのけてくる軟体物に、全身が卑しい歓喜に震えていた。

「オマ×コがずっと締めつけてきて……っ。ああっ、エッチな液がどんどん溢れてきてる……っ」

湧出する淫液を友幸が音を立てながら啜り飲んでいる。下品きわまる行動すら、悦楽に呑まれた奈南には夢のように素敵な光景だった。

（ああっ、ダメぇっ。これ以上舐められたらイッちゃうっ。もう耐えられないっ）

身体の戦慄きは大きくなって、デスクをガタガタと鳴らしていた。自ずと全身に強《こわ》張《ば》りが生じて、上体が反りはじめてしまう。

「あ、ああっ、あぅ、も、もうダメっ……もうイッちゃ……ひゃああん！」

絶頂感がすぐそこまで迫った刹那、鋭い悦楽が奈南の身体を貫いた。

（ああっ、指が中に……っ。気持ちいいところ、グシュグシュしてくる……っ）

友幸が舌にかわって指を挿しこんできた。二本の指が束となって、奈南のことさら敏感な部分を押圧してくる。

それとともにふくれた陰核を舐めまわされては吸引された。陰唇への二カ所攻めは甘美と言うには生ぬるい、壮絶な悦楽となって奈南に襲ってくる。

「ひあっ……ダ、メ……っ、ダメぇ……っ。イ、イクっ、イッちゃうぅっ！」

ドクンと股間が激しく突きあがる。脳内でひろがっていたピンク色の世界が、爆発する勢いで飛び散った。

（すごいよぉ……っ。オマ×コ弄られるだけでも、自分でするのと全然違う……）

絶頂の衝撃で身体はビクンビクンと跳ねあがる。ショートカットの黒髪が跳ねあがり、汗の噴き出た肌を西日が鈍く輝かせた。

「オマ×コ、すごい締まって……ああ、なんかふくれてきてる……っ」

いまだ終らぬ絶頂のなか、膣内で圧迫感が生まれていた。何度か経験している感覚だが、その末路はいまだに慣れず、奈南は逃れるように身を捩った。

「い、やぁ……っ。お願い、抜いて……そこにいたら、友くんに……っ」

だが、奈南の願いは友幸に無視された。彼はふくれつづける媚膜を指の腹で押してくる。同時に膣口へとこそぐように動かしはじめた。

「あ、ああっ……ダメ、ダメなのっ。このままじゃ……ひっ、きゃあぁ！」

甘い声は最後に悲鳴へと変化した。

瞬間、濡れそぼる淫膜から大量の飛沫《しぶき》が放たれる。

「うわっ、すご……っ」

驚愕する友幸の顔面めがけて、液体はビシャビシャと噴出しつづける。あっという間に彼の顔から下にかけてがびっしょりになってしまった。

(うう……また噴いてしまった……しかも、友くんに思いきり噴きかけて……)

自身の卑猥な現象に、奈南は申し訳ない気持ちになる。

これまでも何度か潮噴きをしていたが、そのたびに言いようのない羞恥に襲われた。これればかりは何度と経験していようと、慣れることはないであろう。

「はぁっ、はぁ……っ。ごめんね、友くん……今、拭くものを出すから……っ」

傍らに置いていたバッグに手を突っこむ。タオル生地のハンカチを摑んで、友幸に差し出した。

「謝らなくていいよ。その……俺が潮噴きさせたかっただけなんだから」

ハンカチを受け取りつつ、今度は友幸が申し訳なさそうに言った。

「ナナちゃんのエッチな姿を見たくてしたんだし。だから……すごくよかったよ」

視線を逸らして呟く彼は、耳まで真っ赤になっている。

(ああ……かわいい。好き……っ)

友幸の言葉は、羞恥に絶望する自分には何ものにも代えがたい温かさがこめられている。今度は安堵と幸福とが奈南の身体を満たした。

「友くん……」

恋する乙女の瞳を潤ませ、奈南はゆっくりと身体を起こす。

できるだけ汚れないようにして、フレアスカートを脱ぎ取った。潮に塗れた両脚の感覚が、甘い愉悦となって全身に波及する。

「ナナちゃんもビシャビシャだ。今、拭いてあげるから」

友幸の手が濡れた素肌に近づいてくる。

その手を取って静止させた。怪訝《けげん》そうに見あげる彼に、ふるふると首を振る。

「立って……今度は私が気持ちよくしてあげる……」

（私にここまでしてくれたんだもの。そのぶん、たっぷり奉仕してあげなきゃ……）

恋情はそのまま淫欲へと昇華する。自分ができるすべてを用いて、彼を悦ばせたくて仕方がない。

意図を察した友幸は少し困ったような顔を浮かべたが、やがて奈南の言うとおりに立ちあがる。

それに合わせて、奈南は彼の足下へとしゃがみこんだ。

（ああ……すごく立ってる。こんなに生地を張りつめさせて……）

目の前では逞《たくま》しいテントが形成されていた。押さえこまれて苦しいのであろう、ビクビクと不規則に脈動をくり返している。

(友くんのおち×ちん……私だけの、特別なもの……っ)

絶頂を経た肉体は、さらなる淫蕩さを求めていた。発情の吐息をくり返しつつ、すっかり慣れた手つきでベルトをはずし、一気にずり下ろす。

「ああっ……素敵ぃ……っ」

自然と卑しい歓喜を口にしてしまう。

バネじかけのように勢いよく飛び出た若竿は、肉茎をパンパンに張りつめさせて、急な角度を描いてそびえ立つ。その姿は、やさしい彼とは不釣合なほどの獰猛さを感じさせた。

(すごくエッチな匂いがして……ああ、先走り汁もいっぱい……)

肉棒が奈南の女の部分を甘く痺れさせてくる。勃起が脈打つごとに、じわりと牝欲が全身へと染みわたった。

「友くんのおち×ちん、何度見てもすごいね……ずっと眺めていたい……」

「そんな……俺だって見られるのは恥ずかしいし……んんっ」

言い終わるより先に、奈南は肉棒に手を伸ばす。

細指を太幹に巻きつけると、やわらかく握って上下に擦過しはじめた。

（ものすごく熱い……それに、ビクビク震えるのも止まらなくて……ああ、もう堪らない……っ）

こみあげる恍惚感と愛しさに、奈南は両手で肉棒を撫でまわす。パンパンにふくれた陰嚢もやさしく揉みほぐした。

「うう……一日中蒸れてたから汚いよ……」

「ふふっ……それは私のオマ×コも同じだよ。なのに、友くんはあんなにむしゃぶりついてきて……んふ……っ」

感嘆したあと、奈南はヒクつく勃起の先端に舌を伸ばす。瞬間、友幸の腰がビクンと震えた。

「うあ……っ、ナナちゃん……っ」

淫欲に蕩けた声色に、舐る動きは加速していく。先端から根元、さらには陰嚢にまで舌を這わせる。

（ああ、しょっぱくて……とてもいやらしい味がする。この味、大好き……っ）

歓喜に震える勃起をあやすように、すべての表面を舐めまわす。ついには亀頭を口に含んで、ゆっくりと呑みこんだ。

「あ、ああっ……気持ちよすぎるよ……ぉ」

友幸がガクガクと脚を震わせる。

根元まで咥えて、喉奥で亀頭を擦れば、愛しい少年の熱い吐息が密度を増してくる。

(いっぱい気持ちよくしてあげる。心も身体も、私だけのものになるように……)

口腔と鼻腔を満たす濃厚な淫臭に酔いながら、奈南は唇をストロークさせはじめた。

(ナナちゃん……っ、こんな外で……ここまでしてくるだなんて……っ)

友幸はフェラチオの愉悦に漂いながら、淫らに動く奈南を見下ろす。

口腔粘膜《こうくうねんまく》は温かくてトロトロに蕩けている。それが肉棒に吸着しながら蠢いてくるのだから堪らない。

「んふ……ビクビクしっぱなしだね。うれしい……」

そう呟くと、ズズッと音を立てて啜ってきた。美少女らしからぬ下品な行為は、悦楽を何倍にも増幅させる。

(あんまりされると出てしまう……ここで飲ませるのは気が引ける)

廃ビルとはいえ、誰かが来ないとも限らない。そもそも、自分たちは不法侵入している立場だ。いくら気持ちよくて滾っていても、長居はできない。

「友くんのおち×ちん、大好き……はぁ、ぁ……ずっとしゃぶっていたい……」

ねっとりと唇を滑らせて、たっぷりと舌で舐めまわしてくる。すでに肉棒はもちろんのこと、奈南の口もとも唾液に塗れていた。それでも、彼女は口唇愛撫をやめようとはしない。陰嚢を揉んでは肉茎を扱き、全身全霊で勃起を愛でてくれる。

「待って……っ。このままじゃ、出ちゃうよ……っ」

安心できる場所以外での卑猥な行為は、少なからず興奮の糧となっていた。こみあげる射精欲求に、訴えた声はかすれてしまう。

「んふっ……それはダメぇ……っ」

奈南はそう言うと、肉棒を抜き出して焦らすように舌先でチロチロと舐めてくる。

「まだイカないで……今はお口じゃなくて……」

淫靡に瞳と口もとを輝かせた奈南は、ゆらりと立ちあがると、身体を反転させてデスクに手をつく。続けて、クッと臀部を突き出した。

「イクなら……中で。オマ×コのいちばん奥で、思いっきりイッてぇ……」

強くなった西日が奈南の尻を照らしている。張りを湛えた尻肉はまんまるで、うっすらと汗を滲ませながら美しく輝いていた。

満開の肉ビラからは鮮やかなピンク色の淫膜が露出している。挟い洞の入口は呼吸をしているかのように収斂をくり返していた。

（ううっ……なんてエロい光景なんだ。エロすぎるよ……っ）

限界まで反り返った牡槍が、年上少女を求めて大きく脈打つ。もはや、眺めるだけではいられない。

「ナナちゃん……入れるからねっ。中で出しちゃってもいいんだね」

「いいよぉ……欲しいの、友くんの精液が。いつもみたいにいっぱい子宮グリグリして。私の奥を精子まみれにしてぇ」

互いに本能が剥き出しになっていた。生々しい吐息が間隔を短くして、埃《ほこり》っぽい空間に響きわたる。

細腰を両手で摑んでグッと引きよせる。「あっ」と期待に染まった奈南の声のあと、張りつめた亀頭を淫膜へと押しこんでいく。

「う、ううぅんっ……あ、あはぁ……んっ」

先端が膣肉を掘削するごとに、奈南の背中が反り返りながらビクビク震えた。

（熱くてトロトロなのがめちゃくちゃ締まって……堪らなく気持ちいい……っ）

愛蜜を滴らせながら、媚肉も肉棒を求めていた。淫らな蠢きは勃起を自らの最奥へと誘っていくようだ。

「奥……まで……来たぁ……あ、ぁんっ」

ついに肉棒はすべてが奈南の中へと埋没する。肉茎も亀頭もみっちりと膣膜とからみ合っていた。

「うあ、ぁ……入れてるだけで気持ちいい……ああ、そんなに締めないで……っ」

締めつける膣膜からの甘い愉悦が全身へとひろがっていく。それに呼応して勃起は脈動し、亀頭が子宮口を押圧しながら擦っていた。

「無理だよぉ……こんな感じちゃったら……オマ×コも勝手に動いちゃう……」

舌足らずに応える奈南が、腰まで揺らしはじめてしまう。収斂だけでも堪らぬ愉悦なのに、下半身の揺れまで加われば、じっとなどしていられない。

「あ、ああっ……ナナちゃんっ」

パチンと頭の中でなにかが弾けた。友幸は腰を強く一突きする。

「んひぃいっ！　あ、ああっ……あぅ、んっ」

官能の叫びが響きわたる。奈南がさらさらのショートヘアを弾ませた。

(もう無理だ……っ。止められないっ)

腰を引いては最奥の膣壁へと突き出していく。本能に身を任せて、最初から激しい抜きさしを見舞ってしまう。

「んあ、あっ……ひぃん！　激しいっ……よぉっ。ああぅ、ダメぇ！」

デスクにギリギリと爪を立てながら、奈南が牝鳴きをあげつづける。

「ダメじゃないっ。ナナちゃんだって感じまくってるくせにっ」

「そう……だよぉっ。はぁ、ぁっ……感じすぎちゃうぅ！」

錯乱したかのように奈南は首を激しく振り乱している。

ピストンのたびに粘液が掻き出されては、ペニスの根元を濡らしていく。同時に奈南の内ももを伝って、滴り落ちていた。

（このまま突きつづける。そして、中に思いっきり出してやるっ）

理性と良識はもはや崩れ去っていた。友幸は沸騰する牡欲に呑まれながら、濡れた肉と肉の打擲音を響かせつづけた。

奈南の全身を、強烈な快感が途切れることなく貫いていた。待ち望んでいた接合は、恐ろしいほどの甘美さを与えてくる。

（おち×ちん、こんな激しくズボズボされてぇ……気持ちよすぎて、いやらしすぎて……おかしくなっちゃうっ）

抵抗する気などはじめからない。友幸が自分を求めてくれるなら、どんな挿入をされても幸福でしかなかった。

「友くんっ、もっと突いてっ。もっとズボズボしてぇっ。私のこと、めちゃくちゃに犯してっ！」

友幸の挿入は、獰猛な牡のそれだった。ならば、とことん性の滾りをぶつけてほしい。卑猥な牝でしかない今の奈南は、少年の圧倒的な本能を渇望してしまう。

「言われなくてもっ、徹底的に犯してやるっ。中出ししてやる！」

獲物を摑んだ獣のように、友幸は荒い息とともに腰をくり出してくる。

（すごいよぉ。いつもより気持ちよくて興奮して……私もすぐにイッちゃいそうっ）

さんざん友幸とはセックスしてきたが、それは奈南の家でのことだ。こんな見ず知らずの、誰かが来てもおかしくない場所でのセックスなど未知の経験だった。それが興奮を煽り立てている。

（もうどうなってもいい。私の不安を塗りつぶしてほしい……っ）

奈南の必死さは友幸を籠絡するためでもあるが、同時にもう一つの事実を潰すためでもあった。

（由紀香から友くんを離さないと……だって、由紀香が友くんを好きなのは、間違いないはずだから……っ）

親友の由紀香が誰をどう思っているのかくらいは、同じ女として察することができた。彼女の友幸への意識は、弟などというありふれたものではない。間違いなく、異性としてのものだ。

（二人は気づいていないみたいだけど、じつは両想いだなんて……そんなの絶対に認めないいんだからっ）

嫉妬と対抗心が、奈南を激情へと駆り立てる。

（姉弟でそんな関係、絶対に間違ってる。由紀香も友くんも幸せになんてなれないよ。それに、友くんに相応《ふさわ》しい女は、私であるはずなの……っ）

打ちこまれる肉棒に合わせて、自分からも臀部をたたきつけた。蜜壺は肉棒と苛烈に擦れ、膣奥は亀頭に潰される。凄まじい喜悦が脳天を突き抜ける。

「あぁぁ！　すごいよぉ！　こんなのおかしくなっちゃうぅっ」

襲いかかる牝悦に、奈南の淫声は叫びにも似たものになっていた。

自分の卑猥さに煽られたのか、友幸の肉槍は猛烈な勢いで貫きをくり返す。もはや二人は、本能を剝き出しにした卑しい獣と化していた。

「こんなにオマ×コ濡らしまくって、ナナちゃんはいやらしすぎるんだよっ」

背後から飛んでくる罵声すら、奈南には甘言にしか聞こえない。自分を一心不乱に求める事実が、奈南を極上の愉悦へと向かわせてくれる。

「そうだよっ。私はいやらしいのっ。変態なのっ。毎日、友くんとエッチなことしたくて我慢できない狂った女なの！」

膣内から四肢の先までに強張りが生じる。破滅的な絶頂がすぐそこまで近づいていた。

「だから、もっと狂わせてっ。私をめちゃくちゃに壊してぇ！」

本心からの卑しい願望を叫んだ刹那、渾身の力で肉棒がねじこめられた。

ピンク色の電流が奈南の意識と肉体を貫いた。喜悦が激しく爆発し、カッと目を見開いてしまう。

「イ、イク！　イッちゃ……あっ、くぅ……っ」

身体を弓なりにしながら全身が強張った。顔は天井を向いて、叫び声をあげた唇の端からは涎《よだれ》が零《こぼ》れてしまう。

「ううっ……締めつけがすごい……っ。くぅ……っ」

奈南が絶頂を極めている間、友幸は肉棒を押しつけつづける。喜悦がさらに積み重ねられて、奈南を果てのない快楽へと突きあげた。

（おち×ちん、気持ちよすぎるよぉ……もっと壊して。よけいなことを考える余裕もないくらいに、私をもっと淫乱にして……っ）

淫らな牝になりはてた美少女は、絶頂に漂いつつも、さらなる愉悦を願わずにはいられなかった。

媚肉からの悦楽に、友幸は必死に抗《あらが》っていた。

締めつけられる肉棒は、気を抜くとすぐにでも射精してしまいそうだ。

(まだだっ。まだ出すわけにはいかない……っ)

卑猥きわまる奈南に、友幸はすっかり酔わされていた。自身を求める美少女を、さらに淫らな女へと変えさせたくて仕方がない。

(ナナちゃんは俺を積極的に求めてくれている。俺のために、どこまでもいやらしい女になろうとしてくれている……)

由紀香を諦め、奈南の彼氏になることを決めたのだ。愛すべき女の願いならば、それには全力で応えてやらねばならない。

「ナナちゃん、まだ終わらせないからね」

絶頂から戻って、肩で息をしながら弛緩《しかん》する奈南を反転させる。手をついていたデスクに腰かけさせて、グッと両脚を開いた。

(うわぁ……めちゃくちゃドロドロになってる……っ)

露になった股間は、卑猥という言葉すら足りないくらいの惨状だった。

激しいピストンで捏《こ》ねられた愛液は細かく泡立ち、白濁と化している。それが、恥丘や脚のつけ根、さらには内ももにまでべっとりとひろがっていた。淡い陰毛は恥丘に貼りついていて、淫液でコーティングされているかのようだ。

「はぁ、はぁぁ……入れて。もっと私に、おち×ちんをちょうだい……」

真っ赤に染まった顔は、さらなる悦楽を求めてせつなそうに歪《ゆが》んでいる。

(もう、やめられない……一気に奥まで……っ)

荒い息を漏らしつつ、濡れた膣口に亀頭を引っかける。ピクンと奈南が震えた刹那、吹き荒れる欲望の勢いそのままに淫膜を貫いた。

「ひあ、あぁぁ！　あ、あぁ……奥までまた……くぅ、うっ」

ギュッと目を閉じて奈南が叫ぶ。果てた膣膜には刺激が強かったのか、全身をガクガクと震わせていた。

「めちゃくちゃにするっ。ナナちゃんの望みどおり、もっと淫乱な女にしてやるっ」

細腰を摑んで肉棒を引いていく。雁首で蜜壷を満たしていた愛液がどろりと掻き出された。その光景が友幸をさらに興奮させて、力任せに腰をたたきつける。

「ひ、いいいっ。すごいよぉっ。すごすぎるのぉ……っ。オマ×コ、全部壊されてるっ。ああっ、もっとしてっ。友くん専用のオマ×コ、好きにしてぇ！」

濡れた肉と肉が激しくぶつかる音とともに、奈南の愉悦に狂った声が響きわたった。

腰を突き出して膣奥を圧迫すれば、淫膜は歓喜に蠢いて、肉棒をさらに締めつけてくる。もっと密着をせがむかのように、奈南からも股間を突き出し、円を描くようにくねらせていた。

(オマ×コだけじゃ物足りない……っ。ナナちゃんだって、それだけじゃ満足しないはずだ……っ)

すっかり乱れた服を捲り、乱雑にブラジャーをずらす。

張りの強い美乳がぷるんと揺れながら姿を現す。乳首はふくらんで、ツンと友幸のほうへと突き出ている。

「おっぱいまでこんなにして……っ。いやらしすぎるんだよっ」

腰を振りつつ、しこりきった乳首を摘まむ。

奈南の上半身は、それだけでビクンと大きく弾んだ。

「あ、はぁっ……乳首、もっと摘まんでぇ。じんじんして堪らないのぉ！」

胸を突き出してくる奈南に、望みどおり乳首への愛撫をくり返す。摘まんでは捻《ひね》って、引っぱっては爪先で引っかくと、悦楽に蕩けた顔はさらに卑猥に歪んだ。

(うう……さすがにもう我慢できない……出るっ)

肉棒の根元の奥で、白濁が激しく渦巻いていた。もはや堪えることなどできそうもない。打ちつける勃起が蜜壺の中で狂ったように跳ねつづける。

「出してっ。私の奥でいっぱい……全部、私の子宮にちょうだいぃ！」

奈南が両脚を腰に巻きつけ、渾身の力で拘束してきた。

膣内射精を願う絶叫は、友幸の射精のトリガーだった。本能の赴くままに亀頭をねじこみ、欲望のすべてを放出する。

「うあ、あぁ！　熱いのが……来てるぅ！」

友幸の腕を思いきり握りしめて、奈南が白濁の飛沫に歓喜する。全身がまたしても硬直を見せ、壊れた機械のようにガタガタと震えてしまう。

「ダ、メぇっ……イッちゃう……っ。私、またイクっ、イクううぅ——っ」

最後の叫びは言葉になっていなかった。自らで膣奥を潰すように股間を突き出し、奈南は身体を大きく反らす。その姿勢でビクビクと痙攣してしまった。

(ううっ……なんて気持ちよさなんだ……精子が全部抜き取られていく……っ)

子種を求める女の本能が、蜜壺を複雑かつ淫靡な動きに仕立てていく。射精するのが男の欲望ならば、吸収して取りこむのが女の欲望だ。そして、恋情の混ざった淫欲では、女のほうが圧倒的に強い。

「あ、あぁ……はぁ、ぅ……すご、いよぉ……こんなの幸せすぎるよぉ……」

ようやく弛緩した奈南が、譫言《うわごと》のように呟いた。三度の絶頂に身体は戦慄きが止まらず、座っているのがやっとという状態だ。

(すごいセックスだった……俺が俺でなくなるような……こんなセックスがあるなんて……)

大量の白濁液を放出し、友幸はぼんやりとしながら奈南を見つめる。

小麦色の肌は汗に濡れ、震えるたびにキラキラと輝いていた。健康的ゆえに、その光景は目眩《めまい》がするほどに淫らで美しい。

「まだ……ああ……オマ×コがクチュクチュっていってる……」

たどたどしく言う彼女が結合部に目を向ける。つられて友幸も視線を落とした。

(グショグショになってる……俺もナナちゃんもドロドロになって……)

収縮しつづける媚膜からは、今も淫液が漏れ出ていた。それはやがて精液まじりのものとなり、目も眩《くら》むような強烈な淫臭を放ってくる。

「あぁん……出ちゃう……せっかく、友くんにいっぱい出してもらったのに……」

奈南がキュッと膣膜を締めてくる。それでも二人の淫欲は漏れ出てしまい、奈南の尻を伝って真下に卑しい液だまりを作っていた。

「ああっ。ナナちゃん、今締められたら……ううっ」

射精直後で敏感になった肉棒には、あまりにも苛烈な刺激だった。堪らず膣内でビクンと震えてしまう。

「あぅっ……ん……ふふっ、おち×ちん、また大きくなってきてるよ。まだ足りないの？」

汗に濡れた真っ赤な顔で、奈南が蠱惑《こわく》的な笑みを浮かべている。

（えっ……嘘……だろっ）

股間に訪れた違和感に、さすがの友幸も動揺した。凄まじい射精感だったゆえに、もう勃起などしないものだと思っていたのだ。

だが、友幸の思いとは裏腹に、肉棒は再び硬化と肥大を見せはじめる。あっという間に禍々しく血管を浮かびあがらせて、蕩けた女膜を押しひろげていく。

「あ、はぁ……オマ×コ、また気持ちよくなっちゃうぅ……もっと欲しくなっちゃうぅ……」

奈南がゆっくりと腰を揺らしはじめる。くちゅりと粘膜が捏ねられる音が聞こえてきた。

「私を犯そうと乱暴な友くん、とっても素敵だったよ……友くんに激しく求められて……すごく幸せだった……あぁっ」

恍惚とした様子で腰を振りつづける奈南が、再び甘い声を響かせはじめる。

外はすっかり夕暮に差しかかっていた。このままでは暗くなってしまう。解体間近のビルに灯りなどあるはずがない。

「ナナちゃん、これ以上はマズイよ。暗くなっちゃうからさ」

「じゃあ、私の家に行こうよ。今日は夜にならないとパパもママも帰ってこないし。本当はデートのあと、家でいっぱいイチャイチャエッチするつもりだったんだぁ」

恋する少女の甘い笑顔は、同時に卑猥な牝の顔でもあった。そんな表情を向けられて、中学生の少年が断れるはずもない。

「……あんまり遅くまではいられないよ」

「わかってるよ。じゃあ……続きは家でね」

奈南はそう言って身体を起こすと、潤んだリップで口づけしてくる。やがて舌を忍ばせ、愛しむように口内を舐めてきた。

(姉さんに連絡しないと。ナナちゃんとのことは内緒だから、適当に嘘ついて……)

由紀香を意識した瞬間に、胸がズキリと鈍く痛んだ。

どんな理由であれ、彼女に嘘をつくのは気が重い。親友である奈南との逢瀬《おうせ》のためだとなればなおさらだ。そして、由紀香に隠れてこんないかがわしいことに耽っていることに、罪の意識が生まれてしまう。

（……ダメだっ。俺は姉さんを諦めたんだ。姉さんと愛し合うなんてありえないし、許されないんだ。それに、俺はナナちゃんとつき合ってるじゃないか。姉さんに未練なんて感じちゃいけないんだ。しっかりしろっ）

この期に及んで由紀香への想いが燻《くすぶ》る自分を叱咤した。自分は奈南を愛さなければならないのだ。彼女が自分を求める以上、それに応えてやらねばならない。

「ナナちゃん……んんっ……」

奈南に意識のすべてが向くように、そっと彼女を抱きよせる。

「んふっ……友くん、好き……大好きだよ……」

奈南はなおも口唇で友幸を求めながら、しっかりと抱きついてきた。身体の火照りが滲むように伝わり、爽やかで甘い奈南の芳香が包みこんでくる。

結合部からは混じり合った互いの淫液がねっとりと溢れ出て、鎮まらぬ淫欲を刺激していた。

第三章　禁断のよろめき

1

「行ってらっしゃい。帰りは何時頃になりそう？」

　玄関で靴を履いていると、由紀香がひょっこりとリビングから顔を出してきた。

「えっ、とぉ……あまり遅くはならないようにするよ」

　おそらく、実際にはそれなりに遅い帰宅になるであろう。なにせ、今日も奈南とのデート。それも彼女の家に行くのである。

（家デートなんて、夜までセックスするに決まってる……ナナちゃん、時間の許す限界まで求めてくるから……）

遊園地デートのあと、自宅に連れられた友幸は冗談抜きに搾り取られた。男の自分のほうが体力はあるはずなのに、帰る頃にはクタクタになっていたのである。

(あの華奢な身体のどこに、あれだけエッチをしまくる体力があるんだろう……本当に不思議だ……)

奈南は相変わらず卑猥さを振りまいてくる。昨日送られてきた動画など、自宅の自室で全裸の姿でオナニーし、絶頂のあとで潮まで噴いていた。

「とりあえず、ご飯は作っておくからね。遅くなってもレンチンで食べられるようにしとくから。でも、あんまり遅くなっちゃダメだよ」

「うん。できるだけ早く帰るよ」

(姉さんが心配してくれているというのに、ナナちゃんとエッチしに行くんだ。ろくでもないヤツだよな、俺……)

こみあげる自己嫌悪から逃れるように、友幸は勢いよく立ちあがった。これ以上、由紀香と顔を合わせていられない。

「じゃ、じゃあ、行ってくるから」

「うん、気をつけてね」

由紀香が柔和な笑顔を浮かべて手を振った。

友幸はすぐに視線を逸らして、足早に玄関を出るしかなかった。

申し訳ないと心では思っているにもかかわらず、股間はすでに血液が集中している。

自分のあまりの浅ましさに、友幸はため息をついた。

2

自分以外がいない家で、由紀香は二階の自室に籠もっていた。時計は夜の九時を指そうとしている。

「うぅ……んっ、あっ、はぁ……ぁっ……」

呻きのような甘い声を漏らしつつ、由紀香はこみあげる愉悦に身体を震わせていた。

パジャマ姿でベッドに座り、片手は乳房に、もう片方はショーツの中へと潜りこませている。

（あぁっ……気持ちいい……最近、毎日のようにオナニーしちゃってる……）

由紀香とて年頃の少女である。セックスへの興味は否定できない。

（ううん……たぶん私、人並み以上にエッチだと思う……だって、小学生の頃からこんなことして……最近じゃ、しないと眠れないくらいなんだもの……）

夜ごとくり返す自慰行為のせいなのか、愛液の湧出は凄まじい。微かに媚膜の入口をこそぐだけで、クチュクチュと卑猥な音が聞こえてしまう。

「あっ、はぁ……っ、ダメなのに……こんなのおかしいのに……ぃ」

熱量を増す淫悦に、由紀香は身体を倒してしまう。そのまま仰向けの姿勢になって、自然と下腹部を突きあげていた。

「ああっ……私、おかしいの。異常なの……でも、やめられないの……っ」

自身を弄る両手は、慰める動きを激しくさせていく。自らの卑しさと、決して人に知られてはいけない秘密を意識すれば、感度は加速度的に上昇した。

「友幸……っ、はぁ、ぁっ……友幸ぃ……好きなの……っ。弟なのに……私、お姉ちゃんなのに、友幸が好きなの……あ、ああっ」

絶対のタブーが由紀香の牝欲を焚きつける。ただでさえ溢れていた愛液がドプリと湧き出し、小豆ほどの大きさでふくれた陰核ははちきれそうなほどに肥大する。

（弟と……姉弟で恋人だなんてありえない。そんなこと許されないし、友幸だってそんなの望んでないはず……っ。でも、私……私は……っ）

叶うはずのない激しい恋情の向かう先は、自然と性欲になっていた。小学生からはじめた自慰は、いつも友幸を思い浮かべてのものである。

（友幸に私の身体を見てほしい。身体の隅々を触って舐められて、おっぱいを揉んだり吸ってもらって……アソコだって……っ）

中指の第一関節を濡れそぼる秘膜に沈ませる。

瞬間、淫膜がきゅんと締まって指先を咥えてきた。同時に、鋭い法悦が由紀香の全身を走り抜ける。

「んあ、ぁっ……くっ、ふぅ……んん」

下半身がビクビクと弾んでしまう。決してありえぬ愛しい弟との蜜事を求めて、膣奥が苦しいほどにせつなく疼く。

（欲しいの……してほしいのっ。私のココを、友幸にいっぱい触って捏ねられて……入れてほしいよぉ！）

感きわまった由紀香は、ショーツごとパジャマを脱ぎ捨てた。愛液に浸った淫膜が、外気との温度差でさらに卑しく疼いてしまう。

下半身だけでは物足りず、上半身までをも捲《ま》くってしまう。真っ白な乳丘が、ぷるんと弾むように姿を現した。

（この……無駄に大きいおっぱいだって……っ。友幸が望んでくれるなら、いつだって揉ませて吸わせてあげたいのに……っ）

乳肉を掬《すく》い取り、捏ねるように揉みこむ。圧倒的なやわらかさと強い張りが、手のひらを包みこんでいく。

由紀香の乳房は紛うことなき巨乳である。サイズはFよりのEカップで、アンダーが細いために大きさはきわだっていた。クラスの女子たちからは羨望を集め、それは高校に入学してからも変わらない。

(乳首も……いっぱいクリクリしてほしいの……っ)

肉蕾はふくらんだ状態で硬化していた。なおも隆起しようとするせいで、ふくれる感覚だけでもじわじわと悦楽がひろがっていく。

真円の乳輪は縁が淡いグラデーションを描いていて、興奮のせいで全体が若干盛りあがっていた。

由紀香は巨房を揉みながら、指を伸ばして乳首を愛撫する。

「んふぅっ……あ、あぁっ……ダメぇ……っ」

膣膜と乳房、そして乳首と三カ所からの異なる愉悦に、由紀香は身悶えた。それでも、手を止めることなどできない。友幸からの愛撫であると夢想すれば、自然と手淫は激しくなる一方だ。

「あっ、うっ……はぁ、ぁっ……もうイク……イッちゃうぅ……っ」

潤んだ膣口をグチュグチュと激しく捏ねる。突き出た乳首を強く摘まんで、左右へと止まることなく捻りつづける。

そして、すぐだった。

「あっ、ああっ……ひっ、いっ……う、うぅ……っ」

快楽が弾けて、腰が天井へと突きあがる。その姿勢のまま、カタカタと戦慄いた。

(友幸にイカされてること考えながら……身体の震えが止まらないよぉ……っ)

潜りこませた指先を、媚膜がぎゅうっと締めつける。未通の膣洞からは牝悦を濃縮した淫液が零れてきて、会陰を伝って菊門までをも濡らしていく。

しばし、絶頂に打ち震えたあと、身体から力がふっと抜けた。汗の滲んだ真っ白な裸体がドサリと音を立ててベッドに落ちる。

「はぁ、っ……はぁぁ……あ、ぁっ……バカみたい……」

ぼんやりとした意識の中で、自らの愚かさを口にする。悦楽のあとでこみあげてくる自己嫌悪と罪悪感はいつものことだった。

(姉弟でエッチすることを妄想して……それだけでもおかしいことなのに……友幸はもう、奈南の彼氏じゃないの……)

友幸は必死で隠しているつもりのようだが、隠せているわけがない。彼が夜に帰宅した際に漂わす香りは、紛れもなく奈南のものだった。

（きっと、友幸と奈南は今日もエッチしている……恋人同士だもの。エッチするのは当然よね……）

奈南も友幸とのことを告げてはこない。きっと、親友の弟とつき合っているということに、うしろめたさがあるのだろう。

だが、もう一つの可能性もある。

（奈南は気づいているのかも。私が友幸を想ってしまっているということに……）

いくら親友とはいえ、友幸への好意を教えることはできなかった。

自分の想いは、明かした瞬間に友人関係も環境もすべてを壊してしまうものである。それは奈南との関係も同じなはずだ。そんな恐ろしいことができるほど、由紀香は強い女ではない。

（本当なら、弟と親友がつき合うことを喜んで応援してあげなきゃいけないはず。その気持ちはないわけではないけれど、それ以上に……つらいの。悔しいの。めちゃくちゃ嫉妬してしまうのっ）

どうして姉弟同士で愛し合ってはいけないのだろう。なぜ世間はそれを許さず、自分もその常識に囚われてしまうのか。

（いったい、どうすればいいの……もう私、限界だよ……）

長年にわたり、気が遠くなるほどくり返してきた葛藤の中で、親友に友幸を奪われた。その事実が、由紀香の精神を追いつめている。心が限界だと悲鳴をあげていた。

「うっ……ううっ……あぁ、っ……んくっ……」

自然と涙がこみあげ、天井を眺める視界を滲ませる。泣くことしかできないことが、さらに由紀香を絶望へと突き落とす。

乳房も陰唇もそのままに、由紀香は一人、すすり泣きを続けるしかなかった。


（姉さん……泣いているのか？）

自宅へと帰ってきた友幸は、由紀香の部屋から聞こえるすすり泣きに足を止めた。

いつもなら「おかえり」と言いながら出迎えてくれるのに、それがなかった。訝《いぶか》りながら自室に戻る最中だった。

（どうしたんだろう……なにかあったんだよな。どうしよう……）

声をかけるべきなのか悩んでしまう。

きっと自分がなにかしてやれることではない。つらいときは素直に泣くのが一番だ。

それに、由紀香も自分に泣いている姿を見られたくはないだろう。

（でも……やっぱり放っておけないよな……）

奈南を愛さなければならないのはわかっている。

それでも、由紀香への想いは燻りつづけていた。恋愛感情を抜きにしても、大切な姉が悲しんでいるのは耐えられない。

「姉さん、どうしたの……？」

静かに言葉を投げかけた。返事はない。嗚咽《おえつ》がやんで、鼻を啜る音のみになった。

（返事がないってことは、一人にしてほしいってことか。出すぎたまねしちゃったかな……）

失敗したと思って肩を落とす。自室に戻ろうとした——そのときだった。

「ねぇ……友幸……」

嗚咽まじりのかすれた声だった。友幸の足は再び止まる。

痛々しい声色に、胸中が締めつけられた。できるできないとにかかわらず、なにかをしてやらなければと思ってしまう。

「なにっ。開けてもいい？」

ドアノブに手をかけながら尋ねるも、答えは返ってこない。

もしダメなら返事をするだろうと思い、友幸は意を決して扉を開ける。

そして、絶句した。

（えっ……どういうこと……）

あまりにも衝撃的な光景に、友幸は身体も思考も固まってしまう。

長い黒髪を垂らして俯《うつむ》く由紀香は、ベッドの上で女の子座りをしていた。その下半身はなにも身につけていない。瑞々しい太ももと白桃のようにまろやかな臀部がさらけ出されていた。

かける言葉が見つからなかった。というより、言葉など思いつくことすら不可能だ。二人の間を静寂が支配する。遠くを走る電車の音だけが、微かに室内に響いていた。

（もういいや……これ以上、耐え忍ぶのは無理……）

いくぶん落ち着いた嗚咽を漏らしつつ、由紀香はある決意に達していた。

（少しくらいなら……触り合うくらいなら……それだけでも許してほしい……）

火照った身体に、深い罪の意識がこみあげる。今も夜勤をしている父親や亡くなった母親、奈南と、そして友幸には申し訳ない。

しかし、それ以上に心身は緊張と期待とが渦巻いていて、由紀香を禁断の世界へと誘っていた。もはや、あと戻りなど不可能だ。

「姉さん……あ、あの……」

震えた声で友幸が呟いた。

垂らした黒髪越しに彼を見る。真っ赤になった顔が横を向き、こちらを見ないようにしていた。

「目を逸らさないで。ちゃんと私を見て」

由紀香が叫ぶように懇願すると、友幸はビクリと身体を震わせる。

少しの逡巡《しゅんじゅん》を見せたあと、ゆっくりと視線がこちらに向けられた。

（私は……これから取り返しのつかないことをしようとしている……今までみたいな、ただ仲のいい姉弟にはもう戻れない……）

正直、いまだに迷いは残っている。友幸に拒絶されたらどうしよう、という不安も由紀香を苛《さいな》んでいる。

だが、葛藤する段階はゆうに超えていた。結果がどうなろうと、行動することは決めてしまったのだ。

「……………」

由紀香は無言で立ちあがると、ゆっくりと友幸に顔を向けていく。きっと涙でひどい顔になっているであろうが、それでもいい。すべてを彼に見てほしい。

「あっ……あの……あのさ……」

「なにも言わないで。見ているだけでいいから……」

由紀香はそう言って、友幸との間合を詰めていく。手を伸ばせば触れ合える距離まで近づいたところで、二人は無言で見つめ合った。

(友幸、しっかりと見てくれてる。私の脚に……アソコに視線が向いている……)

困惑しつつも、弟の視線は下腹部に向かっていた。それだけでお腹の奥が、じゅんと熱を生み出していた。膣内が妖しく疼いて堪らない。

「お願いだから、見て……私、全部見せてあげるから……」

全身の火照りをこめたため息をついてから、パジャマの裾に手をかけた。ボタンを一つひとつはずすなどしていられない。捲って一気に脱ぎ捨てた。

「あっ、あぁ……」

友幸が目を見開いて、声にならない声をあげる。

弟の視線が身体を射貫く。滑らかな肩を、くびれたウエストを、たわわに実った乳房と頂点で屹立する乳首をしっかりと見つめている。

(めちゃくちゃ恥ずかしい……私の身体、変に思われてないかな……)

由紀香は自分の身体に自信があるわけではない。世の中には、もっと魅力的な肉体をしている女性などごまんといるはずだ。

（奈南と比べてどうなんだろ……きっと今、友幸は比べているはず……）

奈南は肌の色や艶といい、自分よりも美しいと思ってしまう。自分が勝てているものなど、乳房のサイズくらいのものだ。

恥ずかしさとともに一人で落ちこみそうになっていると、由紀香の視点があるものに引きよせられた。

（……友幸、もしかして……それって……っ）

微かな動きもせずに立っている友幸の股間が異様な盛りあがりを見せていた。それがなにを意味しているのか、処女の由紀香にもすぐにわかる。

（興奮してくれてるんだ……私の身体に欲情して……姉とか家族とか関係なく、女として見てくれているんだ……っ）

落ちていた気持ちが一瞬にして晴れやかになる。続けて訪れたのは、はじめて感じる女の悦びだった。

「友幸……私の……お姉ちゃんの身体、どうかな？」

無意識に彼に尋ねてしまう。本人の口からはっきりと聞きたかった。

「ど、どうって……その……」

友幸は戸惑いを隠さない。言いよどみながら双眸が泳いでいた。

「お願い。ありのままの感想を言って。はっきりと教えてほしいの」

早く言葉が聞きたくて仕方がない。由紀香は一歩だけ前に出た。釣鐘形を描く乳房がゆさりと揺れて、友幸の視線がはっきりと捉えてくる。

「……きれいだよ。その……めちゃくちゃきれいすぎて……正直、ヤバい」

ようやく聞けた友幸の言葉は、嘘偽りのないものだった。

由紀香の中でなにかが弾ける。抑えていた感情や欲望が一気に噴出して「ああっ」と短く感嘆の声をあげてしまった。

(うれしいっ。好きな人に認められるって、こんなに幸せだったんだっ)

気づくと友幸の手を取っていた。こみあげる幸福感に任せて、力強く握ってしまう。

「ねっ、姉さん……っ」

「触ってっ、私の身体を……おっぱいもアソコも……全部撫でまわして……っ」

理性や葛藤は完全に吹き飛んでいた。長年思い描いていた愛しい弟との蜜事に、由紀香はもはや止まれなかった。

(姉さんの身体を触れって……そんなこと本当にいいのか?)

友幸は混乱の極地にいた。疲れていたはずの身体は熱を持ち、じっとりと汗を滲ませている。

（でも、姉さんの身体、本当にきれいだ……俺が妄想していた姿なんか比較にならないくらいに……）

まさに夢を見ているようだ。長年にわたり妄想していたことが現実になろうとしている。心臓は激しく鼓動し、血流は股間へと集中していた。

「ねぇ、お願い……」

由紀香が摑んでいた手を自らの身体へと引きよせる。向かった先は乳房だった。

友幸は息を呑む。思い描いていた以上に美しくて巨大な乳丘に、手のひらが重ねられた。

（なんてやわらかいんだ……これが姉さんのおっぱい……っ）

ほどよい張りを湛えた巨乳は、ふわりとしたやわらかさだった。奈南の乳房とはまるで違う。同じ乳房でも、これほどまで違うとは……さまざまな感情が沸騰し、指先は震えてしまう。

「んぁ、ぁ……いいんだよ、好きに揉んで……」

由紀香は軽く瞼を閉じて、陶酔したように呟いた。

手のひらはゆっくりと乳肉に埋まっていき、五本の指は包みこまれる。ぷっくりとふくれた乳首が手のひらに感じられた。コリコリとした感触に、堪らずグッと押してしまう。

「あうっ。はあ、ぁ……もっと……もっと触って……あ、あっ……」

由紀香が甘い声をあげてつつ、身を捩る。フローラルな香りが鼻孔をくすぐり、友幸の劣情を煽ってくる。

「はぁ、ぁっ……はぁ……っ」

自然と吐息は激しくなっていた。乳房を弄る手の動きも、徐々に激しいものへとなっていく。

「あ、ああっ……そうっ……好きに揉んで……もっと私を求めて……っ」

せつなそうな表情を浮かべる由紀香が、感きわまったように言った。こんな由紀香の様子など、今まで見たことがない。

(こんなことしていいわけないっ。俺にはナナちゃんが……これじゃ浮気になってしまう。それに、姉弟でこんなことしつづけたら……っ)

不貞と近親相姦という二つのタブーが、友幸の良心を追いつめる。どちらも絶対に犯してはならないことだ。

しかし、頭ではわかっていても、己の肉体は別だった。

本能が激しく煮えたぎる。肉棒はパンツの中で痛いくらいに肥大して、狂ったように跳ねあがっていた。

「ふっ……ふふっ……友幸の、すごい反応してくれてる……」

震える手が下半身へと伸びてくる。指先が、続けて手のひらが勃起に重なった。

「うぐ……っ」

それだけで強烈な愉悦が全身を駆けめぐる。乳房を揉みまわす手が震え、弾みでギュッと摑んでしまった。あぐっ、と由紀香が苦悶に表情を歪めてしまう。

「ごっ、ごめん。痛かったよね」

反射的に乳丘から手を放すと、由紀香は蕩けた顔で緩やかに首を振った。

「大丈夫……それより、手を放さないで。おっぱい揉むの、やめちゃダメ……」

再び手を摑んで、白丘へと誘う。

手が乳肉へと埋まると、もっと刺激を欲するかのように、由紀香は自らの乳房を押しつけてきた。

「はぁ、ぁ……おっぱいでも手でも友幸を感じられるの。堪らないよぉ……」

勃起を撫でまわす手の動きが激しさを増してくる。硬さを確かめるようにときおり、グッグッと押圧まで加えてきた。

（ううっ……さっきまでナナちゃんとしまくったっていうのに……）

近づく射精衝動に、己の浅ましさが妬ましい。

しかし、性欲さかんな少年には、狂おしいほどに憧れつづけていた美姉の淫戯を拒絶することなどできなかった。

「もっと触っていいんだよ……おっぱいだけじゃなくて、お尻もどこでも……ココだって……」

由紀香は甘い吐息まじりに言うと、自らの股間を突き出してきた。

こんもりと盛りあがった恥丘の上に、滲んだように繊毛が添えられている。その奥がいったいどんな状態なのか、考えるだけでも目眩がしてしまう。

（やめろ……これ以上はやめないと。していることは立派な浮気……それも相手は姉さんだぞ……っ）

微かに残る理性が激しく警告を発していた。これ以上は言い訳もできないし、取り返しもつかなくなる。

しかし、理性などあまりにも脆《もろ》いものだった。由紀香の身体が欲しい。美しい肌を撫でまわし、蜜壺の滾りを感じたい。脳内は禁忌への渇望に支配された。

「姉さん……は、ぁっ」

堪らず由紀香を抱きしめる。ビクンと震える彼女の背中に手をまわし、劣情の赴くままに撫でまわした。

「は、ぁあっ……いいんだよ、好きなだけ私の身体、たくさん撫でて……っ」

由紀香の声は震えていた。その声色には女の歓喜が混じっている。

艶やかな黒髪からの甘い香りが、友幸の牡欲を駆り立てた。手の届く範囲すべてに手を滑らせる。

(やわらかくてスベスベで……なんて気持ちがいいんだ。こんな触り心地、最高なんてもんじゃないっ)

姉の肉体は極上の一言だった。肌理の細かい素肌はさらさらで、まったく抵抗を感じない。かといって乾燥しているわけではなく、瑞々しさをも併せ持ち、手のひらにピッタリと吸いついてくる。

(ウエストも括《くび》れてて……ああ、お尻のお肉もたっぷりだ……っ)

尻肉はしっかりと上を向き、まさにもぎたての水蜜桃のようだ。両手で撫でまわすだけでは物足りず、グッと摑んで揉みこんでしまう。

「んあ、ぁっ……ダメぇ……感じちゃうぅ……」

由紀香は媚びた声を漏らしつつ、片手で友幸にしがみつく。テントを弄る手も震えてしまい、それが不規則な刺激となって友幸の煩悩を直撃した。

「ねっ、姉さん……あんまり弄られると……出ちゃうよ。ああっ……」

股間の奥底で灼熱の白濁が渦巻いていた。力強い脈動は、射精へのカウントダウンを刻んでいる。

「まだダメ……イクなら……んんっ」

由紀香の両手がベルトの留め具に移動する。あっと思ったときには、器用にもはずされていた。

「まっ、待って！　それはマズいって！」

慌てて拒絶を口にするも、由紀香の行動は止まらない。ボタンをはずしてファスナーを下ろす。続けて、躊躇することなく下半身のすべてを脱がしてしまう。

「ああっ……これが……おち×ちん……友幸の……はぁ、ぁ……」

勢いよく飛び出た肉槍は、狂ったように大きく跳ねていた。極太に肥大した肉幹は、表面に黒く血管を浮かびあがらせている。亀頭はパンパンに張りつめて、爆発せんばかりだ。

（なんて顔してるんだ……姉さんがこんなにエロい顔して俺のチ×コを……）

由紀香は跪《ひざまず》いて、そびえ立つ勃起を至近距離で見つめている。すっかり瞳は蕩けていた。半開きの唇からは、熱い吐息を漏らしている。

「すごい……おち×ちんってこんなにすごいんだ……はぁ、ぁ……」

夢でも見ているかのように甘く呟く由紀香が、そっと指先を伸ばしてくる。触れられた瞬間に、ビクンと根元から大きく震えて、濡れた鈴口から卑しい粘液が糸を引きながら滴り落ちる。

「あの……まだお風呂に入ってないから汚いよ。そんな触るものじゃ……ううっ」

友幸の言葉はさらなる愉悦に遮られた。

由紀香は肉棒に指をからめると、ゆっくりと扱きはじめた。甘やかな痺れがこみあげて、勃起どころか腰そのものが震えてしまう。

「汚くないよ……このすごくエッチな匂いとベタベタした感触……私、嫌いじゃない……ううん、けっこう好きかも……」

由紀香はゆらりと立ちあがると、逆手にしつつ肉棒を手淫する。溢れ出る先走り液をペニス全体に塗りひろげ、潤滑油にして扱きつづけた。

（なんて気持ちよさなんだ……姉さんにしてもらってるって考えるだけで頭がおかしくなりそうだよ……っ）

恋情を秘めていた相手からの卑猥な施しだ。おまけに、その相手は淫蕩な表情を浮かべて、全裸で身体を寄せてくる。牡欲の沸騰を抑えることなどできるはずがない。

「ああっ……興奮しちゃう……自分一人でするのと全然違うよ……友幸とエッチなことしているってだけで……はぁ、ぁ……」

興奮が募ったせいか、由紀香は恥ずかしげもなく昂りを口にする。表情の蕩けぶりはより顕著になり、吐息は熱を増していた。

寄せてくる裸体が、堪らないといった感でモジモジと揺れている。よくよく見ると、内ももを擦り合わせていた。真っ白な曲面は濡れていて、妖しい光を放っている。

(姉さん、濡れてるんだ……っ。それも、垂れるくらい大量に……っ)

頭が破裂しそうだ。もはや、されているだけでは気がすまない。

ぶら下げていた手を姉の股間へと挿しこんだ。ぬるりと内ももを手が滑る。由紀香の「あっ」という声は、すぐに甲高い嬌声に変化した。

「あ、ああっ……はひ、ぃっ……んっ」

ブルブルと震える由紀香が、友幸に爪を立ててしがみつく。肉棒を扱く手も戦慄きながら止まっていた。

(なんだ、これ……っ。めちゃくちゃトロトロだっ)

触れた陰唇は想像以上の濡れ具合だった。淫華は完全に綻んでいて、指先を当たり前のように受け入れた。溶けるように熱い膣肉が歓喜して、指を中へと誘うように蠢いている。

「はあ、ぁっ……もっと弄って……中まで指……ちょうだいぃ……っ」

収縮する膣膜に加えて、由紀香が下半身を捩りながら股間を押しつける。圧倒的なやわらかさが指を呑みこみ、覆った淫膜が強烈な締めつけを与えてきた。

「はぁ、あっ……ダメぇ……気持ちいいっ。自分で弄るのと全然違う……あ、ああっ……たまんないよぉ……っ」

由紀香はついに腰を振りはじめる。緩慢な動きではあったが、それがかえって淫靡さを増幅させていた。

先走りに塗れた肉棒が、由紀香の手の中で暴れ狂う。擦過する手筒はリズム感をなくし、不規則に緩急をくり返していた。

(このままじゃ出る……っ。でも、それじゃ姉さんに精液が……っ)

ふしだらな行為に耽っていても、姉に射精するのは憚《はばか》られた。高級な陶器のように美しい素肌を、欲望に汚すのは罪深さを感じてしまう。

「姉さんっ、もうマズいっ。出てしまう……っ」

彼女にかからないように腰を引こうとした。

が、由紀香は背中に手をまわすと、思いきり身体を引きよせてきた。同時に、肉棒を包む手の動きを急激に速める。

「ダメだよっ。離れちゃダメメっ。このまま出してっ。私にかけてっ。私の手もお腹も、アソコのまわりも、友幸まみれにしてぇ！」

卑猥な叫びが室内に木霊する。

驚き慌てるが、それを振りきる余力など、友幸にはすでに残っていなかった。

（堪らないのっ。もう我慢できないのっ。どこまでも友幸が欲しいっ）

煮えたぎる牝欲で、由紀香の思考は卑猥さに染まっていた。

（今だけは姉弟だとか、奈南のこととかどうでもいい。友幸が私に射精してくれるって事実が欲しいのっ）

理性や良識はとっくに吹き飛んでいた。狂おしいほどの愛欲が、由紀香を一匹の淫らな牝へと変貌させている。

（私にこんなにも興奮してくれている。私を姉じゃなくて女として見てる……今までずっと、そう見てほしかった）

手の中で脈動する極太の勃起が堪らなく愛おしい。自らに挿しこまれた指が究極の幸福を湧き出してくる。

(アソコの奥がものすごく熱い……っ。中が全部うねうねしてるのが自分でもわかっちゃうっ)

未知の興奮に蜜壺が歓喜していた。たった一本の指が、狂おしいほどの法悦へと自分を向かわせている。

白い肌にはいつの間にか汗が滲み出ていた。濡れた肌が友幸と擦れるだけで、身を焦がすような熱さを生んでしまう。

「姉さんっ、もうホントに無理っ。出るっ……出るうっ!」

手の中で牡槍がひとき大きく脈動した。先走り液に塗れながら、鈴口がクパクパと激しく息づく。

「出してっ。私にっ、お姉ちゃんに出してっ。手もお腹も、アソコのまわりにも、友幸の、いっぱいかけてっ」

滾る牝の本能に乗せられて、扱く手の動きをさらに速める。互いの性器から聞こえる粘着質な音と、荒く熱い吐息が卑猥な重奏となって室内に響きわたる。

そして、すぐだった。

「う、ううっ……ぐ、あぁ！」

奥歯を嚙みしめていた友幸が、牡の号砲をあげた。勃起を腹部の突き出したかと思った瞬間に、灼熱の白濁液が勢い激しく噴出する。

「ああっ、全部出してっ。私を精液まみれにしてっ」

ビュルビュルと飛び散る精液が、手はもちろんのこと、手首や腹部、さらには下乳にまで撒き散らされる。白肌を焦がすような熱さと上り立つ濃厚な牡臭に、由紀香の牝悦はあっという間に追いつめられた。

（来ちゃうっ。すごいのが……オナニーなんか比べものにならないのが……来るっ）

指にからめた膣肉がまるで肉棒だとでも思っているのか、子種を欲して複雑に蠢いた。指の存在がより明確になり、自然と媚膜がきゅうっと締まる。

「あっ……くぅっ……ぐううっ……」

射精を続ける友幸の身体がぐらりと揺れた。膣内で指がググっと曲がる。淫膜への不意の刺激が脳天を直撃し、それが由紀香を快楽の極みへと到達させる。

「ひっ、あ、ああっ……イッ、ちゃうっ……イクっ、イクぅぅ！」

汗に濡れた白肌に、ぶわっと鳥肌が瞬時にひろがる。歓喜に染まった淫裂がことさら強く指を咥えこんで、ドプリと牝蜜を滴らせた。

（なに、これっ。こんな気持ちいいの、知らないっ。イク感覚がオナニーとは比べものにならない……っ）

あまりの絶頂感に喉まで詰まってしまう。おとがいを天井に向けながら、つま先立ちで身体が硬直し、ビクビクと小刻みに震えていた。

（ああっ……ダメ……もう立っていられない……崩れる……っ）

自慰ではありえない長い絶頂感のあと、強張りから解けた身体がぐらりと揺れた。そのまま前のめりになって、友幸へと倒れかかってしまう。

「姉さんっ、大丈夫か？　とっ、とりあえず座って」

慌てた友幸が抱きかかえてきた。ゆっくりとしゃがんで、由紀香をフローリングに着座させる。

「ちょっと待ってて。えっと、ティッシュはどこだ……？」

（友幸、こういうときでもやさしいんだ……ああ……また胸の奥が疼いちゃう……）

淫行とは違うかたちで心が甘く締めつけられた。ぼんやりとした意識の中で、男に介抱されるという幸福感が由紀香を包みこむ。

（でも、せっかく出してもらった精液をティッシュで拭き取るなんて……そんなもったいないことできないよ……）

手と腹部をべっとりと塗らす粘液は、ゆっくりと下腹部へと流れている。肌にからみつくような感覚に、悦楽を極めたはずの肉体が、再び妖しく焦げつきはじめた。

「これが……友幸の精液……」

腹部にかけられた淫液を掬って、目の前で眺めてみる。見るからに濃い白濁は、ゆっくりと雫になって、指の側面から滴り落ちそうになっていた。

（友幸の身体の中にあったもの……友幸の赤ちゃんの素《もと》……私の中に留《とど》めておきたい……）

そう思ったときには、勝手に身体が動いていた。

ねっとりと流れ落ちそうになった精液に舌を伸ばす。そのまま舌の腹を指に這わせて白濁を舐め取っていく。

「ねっ、姉さんっ、なにを……っ」

気づいた友幸が驚愕に目を見開く。

それでも由紀香は止まらなかった。彼の様子をあえて無視して、手のひらや手首にまで舌を滑らせる。ついには指を舐めしゃぶり、チュパチュパと卑しい音まで立ててしまう。

（変な味……でも、これが友幸の味だって考えただけでおいしく思えちゃう……もっと欲しい……）

精液が口内粘膜と融合し、喉と食道を愛撫しながらお腹を甘美さで満たす。穏やかで、しかし強烈な法悦が全身に染みわたり、由紀香をどこまでも愛欲の虜《とりこ》にしてしまう。

（とっても幸せなの……こういうことを友幸としたいと思ってたけど、実際は想像以上だった……こんなに幸せなこと知っちゃったら……もう戻れないよ……）

ティッシュ箱を手にした友幸は呆然として由紀香を見ていた。自らの卑しさを見せつけながら、由紀香の中で姉としてのなにかが弾けた。

3

平日の夕方前、由紀香と友幸は自宅のリビングにいた。静かな室内には悩ましい吐息と粘膜のからまる卑猥な音が木霊して、すでに空気は淫猥さに満ちていた。

「ううっ……あ、あっ……ダメだよ、姉さん……うぐ……っ」

学生服から下半身だけを露出して、友幸が身体と声を震わせていた。腰かけるソファがギシギシと音を響かせている。

「ダメじゃないよ……んは、ぁ……こんなにビキビキして……んちゅっ」

学校の制服であるブレザー姿の由紀香は彼の足下に跪き、見事なまでに反り返った肉棒に舌を這わせていた。歪《いびつ》な円柱は、すでに先走り汁と唾液とが濃厚に混じり合い、目も眩むような淫臭を漂わせている。

（これは私がしたいからしていること。友幸は私の求めに応じてるだけ……友幸は悪くない。全部、私が悪いの……）

あの夜を経てからというもの、由紀香はすっかり変わってしまった。最愛の弟との淫戯を止めることができないのだ。

（姉弟でエッチしたがる異常さは私がおかしいから。彼女持ちの男の子としてしまう罪深い女……私はそれでいい）

すべては由紀香が責任を背負うと決めていた。もし、この関係が白日の下にさらされたとしても、自分が友幸を守ってやればいいのだ。由紀香は吹っきれることにしていた。

「匂いも味も、すごく濃くて……はぁ、ぁ……素敵ぃ……」

たっぷりと勃起に舌をからめてから、亀頭をゆっくりと呑みこんでいく。口内でビクビクと跳ねるペニスの反応が、淫欲に囚われた由紀香を恍惚に染めていく。

「うあ、っ……姉さんにこんな汚いのしゃぶらせられないよ……っ」

一日中蒸れていた肉竿は、尿や汗などであまりにも濃い淫臭を放っていた。舌や頬の裏側に、ピリリと刺激的な味が染みわたる。

「汚くなんてないよ……私はこれが好きなの……友幸の味がたっぷりとして、とっても大好き……」

たっぷりと唾液をからめて、じゅるると音を立てて吸引する。淫猥なエキスを嚥下《えんか》すれば、身体の芯から堪らない愉悦がじわじわとひろがった。

(もっと気持ちよくしてあげる。いやらしい私にいっぱい精子を出してほしい……)

蕩けた口内粘膜をからませつつ、由紀香は口唇を往復させる。最初こそゆっくりであったが、すぐに激しくストロークさせた。

「うぐっ……あ、あっ……姉さん、激しい……ううっ」

肉棒の脈動が間隔を狭めていく。呻きをあげる友幸を見あげると、与える喜悦を必死に堪えているようだ。

(我慢なんかしないでっ。思いきり射精していいんだから。お腹に熱いのいっぱい欲しいのっ)

淫らな願いに全身が焦げついた。目もとには熱がこみあげ、妖しく潤んでしまっているのが自分でもわかる。

じゅぷじゅぷと唾液を攪拌する音が激しさを増す。口もとはすっかりベトベトになり、顎の先まで濡れていた。それでも由紀香は止まらない。

（おいしいのっ。おいしくてうれしくて堪らないのっ。ずっとしゃぶっていたいくらい……っ）

顎の疲れも友幸を果てさせられると思えば苦ではない。自らのすべてを使って友幸に奉仕したい。自分は彼にとっては性具でありたい。それ以上を望むのは贅沢であり、身のほど知らずだ。

「ねっ、姉さん……っ、もう……うぐっ」

射精の予兆に合わせて、由紀香は喉奥を擦りつける。苦しさがこみあげるが、それ以上に口内射精を得られる期待のほうが大きい。

「ぷはっ。出して……このままイッてっ。お姉ちゃんに友幸の精液、いっぱい飲ませてぇっ」

はしたない願いを叫んでから、再び苛烈に口唇を往復させる。

苦しさと疲れで双眸の目尻からは涙が零れるも、由紀香にとっては歓喜の涙だ。口内射精を必死で求め、友幸の腰にギュッとしがみつく。

「あ、ああっ……もう無理っ。イクっ……出るぅ！」

友幸の言葉のあと、口内で肉棒が大きく弾む。瞬間、おびただしい量の白濁液が激流となって注ぎこまれた。

「んぶっ、んんっ、んぐっ……ぐふぅ！」

ギリギリと爪を立てながら、由紀香は必死でしゃぶりつく。一滴も逃したくはない。注がれる精液すべてを飲みほしたいのだ。

キュッと締めた唇がブルブルと震えてしまう。口端からは涎が零れ、ソファに下品な染みを描いていた。

(いっぱい出てる……っ。匂いも味も、とっても濃い……)

体内に満たされる若牡の滾りに、由紀香は意識が遠のきそうになる。卑しく恥知らずな行為だというのに、湧きあがる幸福感は圧倒的だ。

「ううっ……あ、あっ……今、吸ったら……くぅっ」

白濁の放出を終えたペニスを、由紀香は頬を窄めて啜る。中に残った精液を吸い取って、鈴口まわりを丁寧に舐め取った。

「んぐっ……はぁ、ぁ……すごいよぉ……身体の中に友幸がいっぱい……」

まるで酔ったかのようだった。意識も視界もぼんやりとして、呂律すら上手くまわらない。鼻腔に残る精液の香りが、由紀香をどこまでも卑猥な牝へと向かわせる。

(身体がどんどん疼いてくる……アソコが……とても熱い……っ)

スカートで隠れた股間は熱いぬめりを帯びていた。甘い愉悦を貪りたくて、淫膜が途切れることなく収縮しつづけているのが自分でもわかる。

「姉さん……俺も……姉さんを気持ちよくしたい……」

荒い呼吸を混ぜながら、友幸が卑猥な希望を訴えた。

それに由紀香はゆっくりと首を振る。淫らな微笑みが自然と浮かび、ゆらりと立ちあがった。

「ダメだよ、友幸……友幸からエッチなお願いするのはダメって言ったでしょ？」

やさしい声色でそう言うと、友幸がしゅんとした顔をした。素直に感情を露にするところが、堪らなくかわいいと思ってしまう。

(友幸は私に……どうしようもないくらいに淫らで悪いお姉ちゃんに求められるだけなんだから。だから……)

クッと下腹部を突き出してから、スカートの裾を摘まむ。友幸の瞳に猛々しい牡の光が宿ったのを見逃さなかった。

「私からお願いするね……指でもお口でもいいから……私のことも気持ちよくして

……？」

摘まんだスカートをゆっくりと捲っていく。真っ白で張りを湛える太ももが露になって、水色のショーツが姿を現す。そのクロッチ部分、すべてが藍色に変化していた。

「すっ、すごい……」

染みと言うには大きすぎる濡れた薄布を、友幸が目を見開いて凝視する。浴びせられる視線だけで、膣奥がせつなく締めつけられた。

（私、本当にいやらしい……こんな痴女みたいなはしたないこと、当たり前にやっちゃって……）

そう思ったところでハッとした。痴女みたい、なのではない。自分はもはや言い逃れのできない、正真正銘の痴女ではないか。

（そうよ……もともと、オナニーしまくるような女だもの。痴女で淫乱、それでいい。そこまで堕ちてでも、私は友幸と……）

淫蕩な笑みに自嘲を混じえて、由紀香はショーツを脱ぎ下ろした。

溢れ出ている女蜜と芳醇な発情臭に、友幸は頭が沸騰しそうだった。

由紀香はソファの座面に手をついて、四つん這いの姿勢になっている。

スカートは完全に捲れていて、隠すべきものは剝き出しだった。

(姉さんのオマ×コ、いやらしい……中がヒクヒクってずっと動いてる……)

潤みの中で満開の花弁はぽってりと肉厚だ。若干くすんだ色をしているのも、堪らなく淫靡である。

一方で、絶えず収縮をくり返している媚膜は彩度の高いピンク色を呈していた。桃色の肉真珠はふくらんで、自ら包皮を脱ぎ捨てている。

「ねぇ、早く……いっぱい触って。いっぱい舐めて。このままじゃせつなすぎておかしくなっちゃう……」

甘ったるい声で由紀香が振り向く。眉尻の下がった顔は、恐ろしいほどの淫らさに蕩けていた。

(どれだけ見ても……どれだけ触って舐めても飽き足りない。姉さんのオマ×コが欲しくて仕方がない……姉さんのいやらしい姿を……早く見たいっ)

揺れ動く臀部に両手を重ねる。剝きたてのゆで卵を思わせるツルンとした尻肉を撫でまわしつつ、友幸は淫華に顔を寄せた。

甘酸っぱい牝の匂いが漂ってくる。粘着質な水音を響かせる媚膜が、友幸の愛撫をねだっていた。

「ああ、ぁ……姉さんの……オマ×コ……んんっ」

感嘆の呟きとともに、友幸は唇を淫膜へと押しつけた。

瞬間、由紀香の下半身がビクンと跳ねる。

「んひぃ！　あ、ああっ……いきなり中……にぃ……っ」

尻肉を摑んだ友幸は、なんの躊躇もなく舌先で膣洞を掘削していく。蜜壺の味は甘酸っぱくて、味わうだけで愛おしさがこみあげた。

（もうトロトロになってる……舐めてるだけでさらに勃起してしまうよ……っ）

たっぷりと射精したはずなのに、早くも肉棒には違和感が生まれていた。血流が集中しはじめ、ムクムクと肥大しているのがよくわかる。

「姉さんのオマ×コ、おいしいよ。俺も姉さんのオマ×コ、とっても好きだ……」

溢れ出る愛液が口のまわりを濡らしていく。愉悦に股間が揺れ動いてしまうせいで、すぐに鼻先や顎までもが淫液に塗れてしまった。

（もっと舐めたい。姉さんのエッチな液、たっぷり舐めて飲んであげるんだ……っ）

しっかりと唇を押しつけて、じゅるるっと音を立てて啜り飲む。ねっとりとした淫液が体内にひろがって、友幸の卑しい炎を激しくさせた。

「あぁっ……もっと啜って。好きなだけオマ×コ吸ってて。それされるの、とってもいやらしくて好きなのぉ」

由紀香が腰を捩って淫膜を押しつけてくる。乱れはじめた姉の姿に、友幸の劣情はどこまでも昂っていく。

(とってもやさしくてめちゃくちゃ美人の姉さんが、俺相手に乱れてくれてる。こんなにうれしいことなんてない……っ)

気道が陰部で塞がれて苦しくなるも、構わず舌を乱舞させる。舌で愛液をこそいでは、下品に啜って嚥下した。

嬌声を響かせながら由紀香は下腹部をさらに捩りつづける。汗ばんだ尻肉が瞼や額に擦りつけられる感覚も堪らなかった。由紀香の発情臭はより濃厚になり、どこまでも友幸を酔いしれさせる。

「ああっ、ダメぇ! じゅるじゅるされるの気持ちいいっ。もっと濡れちゃうぅ」

ソファについた手をギュッと握りしめていた。黒髪からのぞく耳と頰は真っ赤に染まっている。艶やかな黒髪が、身体の震えに合わせて波を打ち、甘く香りを漂わせていた。

(姉さん、イカせてあげる。エロすぎて、魅力的すぎる姉さんのイク姿、しっかりとまた見せてっ)

蜜壺を舐めながら、ふくらんだ陰核に指の腹を乗せた。瞬間、由紀香の背中が反りあがる。

「ひいぃ！　あ、ああっ……ダ、ダメっ、感じすぎちゃうっ。おかしくなるぅ！」

ブンブンと首を振りながら由紀香が叫ぶ。シルクのような黒髪が艶を放って宙を舞い、汗ばんだ頰や首すじに貼りついた。

舌が膣膜に締めつけられる。太ももが断続的に戦慄き、続けて強張った。

「イッ、イクぅぅ！　あ、ああっ、はぁあぁ！」

リビングにはしたない絶叫を響かせて、由紀香の身体が二度三度と跳ねあがる。そのままの姿勢でぷるぷると小刻みに震えていた。

(姉さんがイッてくれてるっ。ああっ、なんて素敵なんだ)

膣膜の締めつけが緩んだところで舌を抜き出す。

股間は凄惨な姿になっていた。卑しくもきれいな形だった陰唇はだらしなく開ききり、ぽっかり開いた蜜口がグチュグチュと音を立てて収斂をくり返す。真っ白な内股には、粘液のすじがいくつも描かれていた。

「あ、ああっ……はぁ、ぁ……ひぃ、ん……」

反り返っていた上体が崩れ落ち、由紀香はソファに突っ伏して激しく息継ぎをくり返す。絶頂の深さを物語るように、ときおりビクンと身体が小さく跳ねていた。

剝き出しのままだった下腹部は、再び熱さと硬さを取り戻している。射精して間もないというのに、痛いくらいの膨張ぶりだ。

(やっぱり俺は姉さんが好きだ。ナナちゃんのためにも諦めようと思っていたけれど……もう、気持ちに嘘はつけない……っ)

愛液に濡れた口もとをそのままにして、友幸は決意を深く胸に刻んだ。

第四章　嫉妬と情欲

1

天気のいい休日だった。自宅の二階、友幸の部屋はカーテンを閉めていても漏れてくる日光で十分に明るい。耳をすますと、近所の公園からであろう、子供たちのはしゃぐ声が聞こえてきた。

（私たちにもああいう時期があった。あの頃はなんの迷いも葛藤もなくて、友幸と奈南と走りまわっているだけで幸せだった……）

決して帰ってはこない幼少時代への郷愁だったが、それはすぐにこみあげる悦楽に塗りつぶされる。

「う、うあっ……姉さん……っ、朝からこんなの……あ、ああっ」

由紀香の真下で仰向けの友幸が、苦悶にも似た声をあげる。全裸の身体はすでに汗ばんでいた。

「朝だから、だよ……朝一番で友幸とくっつきたかったの……っ。あ、はぁっ……友幸のおち×ちん、硬くて……すごく擦れるぅ」

馬乗りになった由紀香は、熱い吐息を響かせながら、ゆらゆらと腰を振っていた。

濡れた陰唇が勃起の裏スジと擦れるたびに、グチュグチュと淫猥な音色が響いてくる。ベッドの軋《きし》む音が六帖に満たない室内に木霊していた。

(入れることはできないけど、おち×ちんを感じたい……ビクビクしてるのが、アソコにすごく伝わってくる……っ)

挿入欲求は日々高まっている。それでも、恋人でもなく、それ以前に実の姉弟である以上、本当の性交は躊躇われた。

しかし、互いに性器を弄り合って舐め合うだけでは、もはや我慢などできるわけがない。苦肉の策ではじめたのが、素股行為だった。

「あっ、はぁっ……すごいよぉっ。クリと入口にぴったり重なって……あ、ああっ」

こみあげる喜悦に声も身体も震わせる。この行為で得られる悦楽は想像以上のものだった。視覚的にも挿入以上に卑猥だと思う。

（気持ちよすぎてダメ……っ。もっと自分からグリグリしたくなっちゃう……っ）

淫裂を通じて勃起の逞しさを貪ってしまう。より股間を押しつけて、腰を大きくグラインドした。一糸まとわぬ由紀香の乳房が、上下左右へ弾みを増す。

「ううっ……そんなに強くされたら……っ」

押圧するペニスがビクビクと力強い脈を打つ。カウパー腺液と愛液とが混じり合った淫液は、捏ねまわしつづけたせいで白濁と化している。それが肉棒にからみつき、むせ返るような淫臭を放っていた。

（ああっ、素敵……っ。この匂い好きっ。いやらしい気持ち、止められなくなっちゃうっ）

自身の太ももに乗せられた友幸の手を摑み取る。そのまま乳房へと持っていき、乳肉へと埋没させた。

「ねぇ、揉んでっ。たっぷり捏ねまわして、乳首もいっぱい……んあ、あぁ！」

言い終わるより先に、友幸が乳丘を揉みしだく。硬くしこった乳首を摘まみ、指の腹でクニクニと転がされた。

汗の浮かんだ曲面が手のひらに吸いついてしまう感覚と、乳首からの鋭い愉悦が堪らない。揉みこまれるたびに乳の芯まで甘く解され、由紀香に焦げつくような官能を生み出した。

「姉さんのおっぱい、とってもきれいで大きくて……ああっ、本当に堪らないよっ」

興奮で赤く染まる顔を向けながら、友幸が叫ぶように言ってくる。自らの卑猥さを受け入れてくれる愛弟に、女としても牝としても強烈な甘さがこみあげた。

「はぅ、っ……おっぱいもアソコも気持ちいい……っ、気持ちよすぎるのぉ！　あ、ああっ、こんなのっ……こんなのぉっ」

脳内でピンク色の欲望が炸裂する。もはや絶頂することしか考えられない。花弁で肉槍の裏側をしっかりと挟み、一瞬たりとも止まることなく淫膜と陰核とを激しく往復させる。

（アソコの奥が欲しがってるっ。友幸に来てほしいって叫んでるっ）

喜悦が増幅するごとに、挿入欲求が肥大する。由紀香とて、本当は挿入されたくて仕方がない。未通の膣洞を友幸に貫通させられたなら、あまりの興奮と幸福とで意識も精神も爆発してしまうだろう。

（入れたいよぉ……っ。おち×ちんで中をパンパンに満たされて、いちばん奥をグリグリされて……そのまま思いっきり射精されたいよぉっ）

禁断行為を妄想するだけで、発情のボルテージは跳ねあがる。蕩けた媚膜が肉棒に擦れながら、苛烈なまでの収縮をくり返していた。絶頂が迫りくる。

「イクっ……あ、あはぁ、っ……イッちゃうっ、イクっ、イクぅぅ！」

「イッてっ。俺ももう出るっ。あ、ああっ」

友幸が乳房を握りながら、本能の赴くままに腰を突きあげる。女膜と牝芯が強烈に押しつぶされ、一瞬で視界と意識が真っ白に染まった。

「ひっ！　あ、ああっ……いっ……は、ぁ……っ」

もはや言葉も出てこない。喜悦の頂点に達した由紀香は、爪先から胎内までをビクビクと震わせる。

「うっ、あっ、出るっ……ぐぅぅ！」

戦慄く股間で灼熱の牡液が飛び散った。腹部や太もも、淫裂が卑猥な粘液に塗れていく。

（精液いっぱいかけられてる……っ。熱くてドロドロの精液が……ああっ、ダメっ。もっとイッちゃうぅ！）

うしろ手に身体を支えながら、上半身を限界まで反らして戦慄く。たわわな乳丘がブルブルと汗を飛び散らせながら激しく波を打つ。爪が折れそうなほどに、力いっぱいシーツを握りしめた。

いつまでそうしていただろうか。時間の感覚さえあやふやになる。

気づくと全身からは力が抜けて、汗まみれの身体はベッドに崩れ落ちていた。

（すごいよぉ……おち×ちんで感じるのってこんなにすごいんだ……）

もし、挿入できるとしたならば、いったいどれだけの悦楽に襲われるのだろうか。考えるだけで目眩がしそうだ。

たっぷりと浴びせられた白濁液が、ゆっくりと身体の曲線を伝って滴り落ちていく。温かく粘ついた感触に、じわりと牝の欲望が疼いた。

「はぁ、ぁ……ヌルヌルで……お腹もアソコも精子まみれだぁ……」

震える腕でなんとか身体を起こしてから、下腹部を覆う牡液に触れていく。濃厚な粘液が愛おしい。このまま拭き取るなど、できるわけがない。

（もっと友幸を感じたい……どこまでもいやらしく、下品になってもいい……）

腹部に乗った精液を恥丘へとかき集める。陰毛を浸した白濁液は、そのままゆっくりと陰唇へと流れ落ちていく。

「んあっ……あ、ああっ……んん！」

精液でコーティングされた淫裂に指を乗せた。たっぷりの牡液を染みこませるようにして、ゆっくりとかき混ぜる。

「姉さんっ、なにしてるの……っ。それじゃ中に精子が……っ」

とつぜんはじまった危険な猥褻行為に、友幸が驚愕の声をあげる。

「いいの……っ。私ね、アソコで精液を……友幸のエッチな液をいっぱい感じたい。それで……また気持ちよくなりたくて……ああ、あぁっ」

ぷっくりとふくれた陰核も、ヒクつく媚膜もすべてが白濁に塗れていく。牝蜜とともに攪拌された淫液は、むせ返るような淫臭を放って、牝膜から由紀香を酔わせていく。

(私、めちゃくちゃ変態的なことしてる……でも、入れられない以上、このくらいしないと我慢できない……っ。友幸に、私がどれだけあなたにエッチになれるのか教えてあげたい……っ)

指の膣口を穿る動きが徐々に激しくなっていく。ついには処女膜の手前付近にまで指を入れ、自ら精液を注ぎこんでしまう。

「あ、ああっ……中まで精液が……」

呆気にとられた友幸だったが、瞬き一つせず、血走った目で淫華を凝視していた。

(もっと見て……っ。アソコに精液欲しがっちゃう淫乱な私を見てっ。こんな狂った

ことしちゃうくらいに、友幸のことが好きなんだよっ）

膣膜をかき混ぜるだけでは飽き足らず、もう片方の手で肥大した牝芽も弄る。粘つく白濁液を塗りたくるように撫でまわせば、強烈な喜悦に腰は跳ねあがった。

「あ、あぁん！　ダメぇ……っ、これイッちゃうっ、イッたばかりなのに……またイックううっ」

見せつけるように股間を突き出し、媚膜も牝芽も激しく弄る。

（飛んじゃう……っ。私、おかしくなる……っ）

脳内でそう叫んだ直後、全身の筋肉が再び硬直した。汗に濡れた白肌が戦慄き、膣膜が強烈な力で指を食いしめる。

「う、ぐっ……あ、あああっ……ひいっ、んっ」

跳ねあがった腰が固まり、ビクビクと何度も震える。

なにかが勢いよく股間から噴き出そうとする感覚があった。恐怖にも似た羞恥が襲ってくるも、絶頂を極めた身体に堪える余裕などあるはずもない。

（あぁっ、ダメっ。イクのとは違うなにかが……ダメっ、抑えられないっ）

膣内が強烈に圧迫されて、満開の淫華から牝膜が激しく息づく。

声にならない悲鳴をあげると、すぐだった。

水にも似た透明の体液が、弧を描いて噴出する。

（いやぁっ。止まらない……止まんないよぉ）

自身のまさかの反応に慌てるも、股間からの放出は止まらない。由紀香の太ももはもちろんのこと、正面で呆然とする友幸にまで液体に塗れてしまう。

ビチャビチャと音を立てて撒き散らされた淫液は、やがてすべてを出しきった。

淫らな吐息と牝膜の収縮する音のみが、二人の間に響きわたる。

（うう……まさか潮まで噴いちゃうなんて……）

ぼんやりとした意識の中で、汚してしまった友幸を見る。

肉棒はもちろんのこと、胸板や顔までをも潮に濡らした友幸が、ちらりとこちらに視線を向けた。

「姉さん……」

あまりの下品さに罵られるのかと身構えた。

だが、彼はびしょ濡れのシーツを滑るように近づくと、ウエストを掴んで、亀頭の裏側を膣口に密着させる。そのまま淫裂をなぞりあげた。

「んひぃ！　ダメっ、イッたばっかりだから……っ。潮噴いたばっかりだからぁ！」

汗に濡れた黒髪を振り乱すも、友幸の肉棒擦過は止まらない。むしろ、徐々に速度が増してきて、淫華は再びとろみの強い愛蜜を零しはじめた。

「姉さんがいやらしいからっ。エロすぎて、めちゃくちゃかわいいからだよっ。あんなの見せられて我慢できるわけないだろっ」

叫んだ友幸が由紀香を抱きかかえると、互いの性器をさらに密着させる。裏スジで陰核を押しつぶしながら腰を振り、同時に揺れ動く乳房にしゃぶりつく。

(あんな姿をさらしたのに、受け入れただけでなく、かわいいだなんて……っ。見境なくなっちゃう……もっと貪ってほしくなっちゃうっ)

体力は底を尽きかけているのに、身体が喜悦を求めてしまう。由紀香のほうからも股間を押しつけ、友幸に合わせて腰を振る。

「そうだよっ。私、いやらしいのっ、変態なのっ。だから、私にもっとエッチなことしてっ。私をとことん淫乱に……徹底的に狂わせてぇ！」

乳首を舐めしゃぶっては吸引してくる彼の頭を抱えて、顔を乳房へと埋めてしまう。燃えたぎる恋情に任せて、搔きむしるように頭を撫でまわした。

(本当は入れたいのっ。セックスがしたいのっ。でも、それは無理だから……だから、それ以外で好きにしてほしい。私の身体にどんなことしてもいいんだからっ)

剛直は射精したことを忘れたかのように力強く脈を打つ。白肌へ熱い牡液が浴びせられることへの期待に、由紀香は腰を止めることができなかった。

2

(もう無理だ……これ以上、ナナちゃんとはつき合えない……)

下した決断にグッと拳を固めつつ、友幸は待ち合わせスポットに立っていた。

午前中に由紀香と昂りのままに重なったせいで、身体はひどく疲れている。それでも奈南には、直《じか》に伝えなければならないと思った。

(俺は最低の男だ……ナナちゃんとつき合っておきながら、ほかの女と……それも姉さんとさんざんエッチなことをしているんだから……)

奈南の彼氏として、彼女だけを愛するべきだった。だが、自分にはそれができない。

理由はただ一つ。友幸が本当に好きな女が由紀香だからである。

(ナナちゃん、悲しむだろうな……でも、今のままでいることこそ、ナナちゃんにはいちばん悪い)

どんな反応をされても受け入れるしかない。怒鳴られようと、引ったたかれようと、別れることがお互いにとって最善なのだ。

心臓がキリキリと締めつけられる。落ち着いてなどいられずに、周囲を無意味に歩きまわった。

「友くーん」

そうこうしているうちに、奈南が小走りに駆け寄ってきた。屈託のないうれしそうな笑みを浮かべている。

(こんなかわいい人を……俺は今日、フラなきゃいけないのか……)

罪悪感と緊張とに全身が蝕まれる。さして暑くもないのに、背中にはじっとりと汗が浮かんでいた。

「おまたせ……どうしたの。なんか顔色が悪い気がするんだけど」

「いっ、いや、気のせいだよ。体調は別に悪くないから……」

「そお。ならいいんだけど……あっ、今日はね、私、行きたいところがあるんだぁ」

当たり前のように腕をからめて、ぴったりと身を寄せてきた。

(早く言わないと……このままずるずると、だなんて絶対にダメだ……っ)

腕に当てられる乳房のやわらかさに、今はときめく余裕などありはしない。緊張に心身を強張らせながら、友幸はゆっくりと歩きはじめた。

（友くん……どうしたんだろう。絶対、なにかを隠してる）

買いものが終わって公園を歩きつつ、奈南は友幸に視線を向ける。

いつも感じていた迷いのような雰囲気が、今日は特に強かった。会話もあまり弾んでいない。

（なにか悪い予感がする……なにかはわからないけど、とても怖くて心細くなるなにかがある……）

湧きあがるせつなさに、身体が悪寒めいたものに震えてしまう。自然と友幸の腕にギュッとしがみついた。

「ナナちゃん……じつは話さなければならないことがあるんだ」

友幸がピタリと足を止めた。向けてきた顔は、これまでになく真剣で、同時に悲痛さが混じったものだった。奈南の心臓が握りしめられたかのようにつらくなる。

「……とりあえず、そこに座ろうか」

傍らにあった木製ベンチに目を向けて、奈南は友幸とともに腰かけた。

すみわたる青空に、街の喧騒が響いている。子供がはしゃぐ声も聞こえるが、それ以上に重い胸の鼓動が耳障りなほどに鼓膜を震わせていた。

「…………」

並んで座りはしたものの、友幸はなにもしゃべらない。それどころか、視線すら合わせようとしなかった。

(友くん……もしかして、私との関係を……)

あってはならない最悪の展開が頭に浮かぶ。膝に置いた手が勝手に拳を作って震えていた。額や首すじにはじわりといやな汗が浮かびはじめる。

無言が二人の空気を徐々に重苦しいものにしていく。時間にして、おそらく一、二分程度のものであろうが、奈南には何時間にも感じられた。

(友くん、なにかしゃべってよ……)

無理に作っている微笑みも、いよいよ限界を迎えそうだ。もし、このまま無言が続けば、泣き出してしまいかねない――そのときだった。

「ナナちゃんが俺のことを本気で好きだと思ってくれているのはわかってる。うれしいし、ありがたいことだと思ってるよ……」

「……………」

「でも……その……俺、そんなナナちゃんをこれ以上……」

「……いや」

自然と奈南は呟いていた。泣き出しそうなかすれた声は、細かく震えている。

「ナナちゃん……」

「いやだよ、私。それ以上、聞くのいや……っ」

奈南は叫ぶように声をあげると、勢いよく立ちあがった。何ごとかと近くの人々がこちらを見るが、そんなことに気を向ける余裕などない。

「私、別れたくないっ。絶対に友くんから離れたくないっ」

感情の高まりとともに目頭が熱くなる。申し訳なさそうに困惑する友幸の姿が歪んで見えた。

(どうしてなのっ。友くんのためにいっぱい尽くしてきたつもりだったのに……友くんが私から目を逸らさないように、いろんなことをしてきたのに……っ)

残酷な現実に奈南の激情は収まらない。大きな瞳からは涙が溢れて、頬に流線を描いていく。顎を伝って滴る涙が、ポタポタと服の布地を濡らしていた。

「私が嫌いになった？　エッチなことしすぎて、はしたない女だって思った？」

泣き叫びそうになるのを必死に堪えて奈南は尋ねる。友幸はちらりと奈南に目を向けると、力なく首を振った。

「違うよ。嫌いになんてなってない。そういうんじゃないんだよ……」

「じゃあ、どうして？　なんでなの？　どうしたら私といてくれる？　友くんが望むことなら、私なんでもするよ？　他人からどう思われようと構わない。友くんからどう思われて、どう見てもらえるのか、それが私にとってはすべてなんだからっ」

捲し立てるように言ってから、奈南は再びベンチに座った。そして、友幸の肩を摑みつつ、俯く彼をのぞきこむ。

「だから……お願いだから、別れるなんて言わないで……友くんに捨てられるなんて耐えられないよ……」

友幸は顔を向けようとしない。苦痛の表情でギュッと瞼を閉じたままだった。

「ねぇ、お願い。なにか言って……ねぇ？」

止めどない涙と発汗とで、奈南の顔はもはやグチャグチャだった。何度も鼻を啜りながら、最愛の少年の言葉を待つ。

「その……もう、無理なんだ……俺は、ナナちゃんとこんな関係、続けちゃいけないんだよっ」

別れを決めた決定的な理由がなにかある。語気の強い返答には、友幸の苦悶が滲み出ていた。それを問い質《ただ》さずにはいられない。

「意味わかんないよ……いったい、なにがあったの。なにか問題があるなら、私もいっしょに考えるから。だから、お願いだから理由を言って！」

もはやなりふりなど構っていられない。人々から奇異の視線で見られていることを無視しつつ、奈南は感情に任せて友幸を引きよせる。

（えっ……）

鼻孔をくすぐる香りにハッとした。甘く爽やかな芳香は、奈南にとっては幼少の頃から嗅ぎなれた香りである。

だが、同時に妖しく生々しい匂いも混ざっている。淫悦に親しんでいる奈南には、それがなんなのか瞬時にわかってしまった。

「嘘……でしょ……」

驚愕に目が点になる。思考がショートし、身体は固まってしまった。

「な、ナナちゃん……」

奈南が察したことに気づいた友幸が、ギュッと唇を嚙みしめる。続けて「ごめん」とだけ呟いた。

（そんな……そんなこと……だって、あの子は……由紀香は友くんのお姉さんで……現実でそんなことって……っ）

由紀香の想いは知っている。同時に、友幸の本当の心も知っていた。

しかし、それはあってはならないことである。世間は決して許さない。仮に結ばれたとしても、誰も幸せなことにはならないはずだ。

（私は……そんな絶望しかない世界から、友くんを救ったつもりだったのに……由紀香はつらいだろうけど、いずれは彼女も救われるはずだと思って……）

自分の無力さに身が引き裂かれる思いだった。突きつけられた現実は、最悪という言葉すら生ぬるい。

「ふっ……ふふっ。あはは……っ」

絶望に打ちひしがれながら、奈南は小さく笑いを漏らす。それは徐々に大きくなって、やがては身体を震わせるまでになってしまった。

理解できないのであろう、友幸が恐ろしいものを見るかのように怪訝な顔でこちらを見た。

（もういいや……そっちがその気なら……私だって……っ）

「ねぇ、友くん、ここでお話ししてても埒《らち》が明かないから、私の家に行こうよ。そこでゆっくりと話を聞かせてもらいたいの。そうじゃなきゃ私、たぶん自分を抑えられないから……」

媚びるような甘い声は、同時に有無を言わせない迫力と冷徹さをも持ち合わせていた。自分がこんな言いかたができることに驚くも、あえてそれは隠しておく。

「ナナちゃん……でも……」

「でも、じゃないの。別に殴るとかそういうことはしないよ。だけど、由紀香と……お姉さんと浮気したことは、しっかりと償ってもらわなきゃ」

同じ口調で念を押すと、友幸はもうなにも言わなかった。憔悴《しょうすい》しているのだろう、額や首すじには汗の雫が垂れている。

（しっかりとわからせてあげる……私がどれだけ友くんが好きなのか……友くんだけじゃなくて、由紀香にもたたきこんであげる……）

微笑みを仮面にして、奈南は嫉妬と情欲に心身を燃やしていた。

3

（なんだよ、これ……こんなの殴られたほうがマシじゃないか……っ）

恐怖と不安が入りまじった友幸は、仰向けとなったベッドの上でなんとか逃れようと身を捩っていた。

しかし、抵抗などなんの意味もなしていない。ベッドの上部に繋がるかたちで手首には手錠がはめられていた。身動きをしたところで、ガチャガチャと耳障りな金属音がむなしく響くのみだった。

「それはね、今後の友くんとのエッチで使うことになるかもなぁ、って思ったときに、ネット通販で買ったものなんだよ。まさか、手錠をはめるのが私じゃなくて友くんになるとは思わなかったけど……ふふふっ」

傍らでは奈南が微笑みながら見下ろしていた。すでに彼女は一糸まとわぬ姿をさらしている。乳房も陰部も隠そうとはしていない。手のひらサイズの乳房の上で、肥大した乳頭が実ってツンと上を向いていた。

「ナナちゃん、頼むからもうやめよう。俺のこと、好きなだけ引ったたいていいから。こんなやりかたは間違ってるって……っ」

「ふふっ、友くんはわかっていないね。好きな人のことを、殴ったりできるわけないでしょう。それに私、言ったよね。これは私なりの……私と友くんとの関係だからこそできる罰なんだよ……」

奈南はそう言い放つと、そっと友幸の首すじに指を這わせる。

「うぐっ……」

くすぐったいような鈍い刺激に友幸の身体はビクリと震えた。続けて、耳もとや顎の下、さらには鎖骨付近まで撫でられる。

「気持ちいいでしょ。私も撫でられるたびに感じちゃうんだから……男の子だって同じだよね」

奈南の頬が興奮のせいか赤みを増していく。熱っぽい吐息を漏らしながら、ついには両手で首もとから上を絶え間なく弄られる。

(ダメだっ、今感じてはいけない……っ。俺はもうナナちゃんとエロいことするのはやめると決めたんだ……っ)

血流が股間に向かってしまうのを叱責する。

それでも、中学生の少年が己の性欲を制御できるはずがない。友幸の意志をあざ笑うかのように、股間は徐々にふくらみを増していた。

「んふふっ……まだ首だけさわさわしているだけなのに……友くんってば、やっぱりエッチなんだぁ……」

形成されたテントに視線を向けながら、奈南はなおも指先を滑らせた。股間と顔とを行き来する双眸は、ゾッとするほど艶やかに濡れている。

「すぐにおち×ちんを大きくしちゃう友くんには、もっといやらしくて恥ずかしいお仕置きをしてあげなくちゃね……」

奈南はそう言うと、友幸の着ているシャツに手をかけて、一つひとつボタンをはずしていく。前面すべてを開けてから、下着を捲くって上半身を剝き出しにした。

「友くんがエッチのときに私にしてくれたこと、私もしてあげるから……んちゅ」

奈南の唇が胸もとへと密着してきた。濡れた粘膜が汗ばんだ素肌と吸いつき合う。

「ううっ……ナナちゃん、ダメだって……」

再度の静止を懇願するも、奈南の口唇愛撫は止まらない。チュッチュと音を響かせながら、彼女は開けた上半身のあらゆるところにキスの雨を降らせる。やがては両手で胸部や脇腹を撫でまわし、絶え間ない愉悦を与えてきた。

（こんないやらしいこと、やめてくれ……姉さんにもナナちゃんにも言い訳ができなくなる……っ）

抵抗の意を示すように再び身体を捩ってしまうが、やはり意味などなかった。金属製の手錠からは、男の友幸でさえも逃れることなどできやしない。

「往生際が悪いなぁ。鍵なしで手錠がはずれるわけないでしょ……んふっ」

今度は身体を舐めはじめた。最初は舌先でチロチロと戯れるような動きであったが、やがては舌の腹を使ってたっぷりと舐めあげてくる。熱い唾液が塗りたくられて、剝き出しの素肌は妖しく濡れてしまう。

「いっぱい舐めてあげるから……ふふっ、乳首もこんなに立てちゃって……」

奈南が胸部の突起を口に含む。そのままゆっくりと吸引しはじめた。

「うあっ……あぁっ……」

思わぬ快楽に声をあげてしまう。自然と上半身が反ってしまった。

「友くんが乳首弱いの知ってるんだから。ほらほらぁ」

奈南は淫蕩な笑みを浮かべると、複雑な動きで乳首を舐めてくる。弾くように、捏ねるように、グリグリと擦っては、ジュルっと音を立てて吸ってくる。それを何度もくり返してきた。

(マズい……気持ちいい……気持ちよすぎて腰が動いてしまう……)

ついには指先愛撫も混じえての左右同時責めに、友幸の劣情は鎮火できないくらいに昂ってしまった。肉棒は完全に勃起して、パンツを突き破ろうとするかのように力強く脈を打つ。

「おち×ちん、苦しい？　おち×ちんも気持ちよくなりたいよね」

乳首への口淫を続けつつ、奈南の手が強張りの頂点を軽く撫でる。

「うぐ……っ。あ、あっ……待ってっ……あ、あぐっ」

腰が大きく弾んでから、奈南が手のひらを重ねてゆるゆると撫でまわしてきた。限界まで肥大した勃起には、それだけでも堪らぬ愉悦が生まれてしまう。

一方で乳首を舐める動きに止まる様子は見られない。二カ所からの異なる悦楽に、友幸は女のように熱くて荒い呼吸を響かせるだけだ。

「こんなこと、由紀香はしてくれる？　してくれるわけないよね。だって、友くんがなにをされたくて、どうすればめちゃくちゃ興奮してくれるのか、私がいちばん知ってるんだから……っ」

奈南が友幸のベルトに手をかける。あっという間に留め具をはずし、強引にパンツごとズボンを引きずり下ろした。抵抗も空しく、肥大した反り返りが飛び出てしまう。

「はぁ、ぁ……何度見てもすごぃ……ものすごくガチガチになってるぅ……」

感嘆しつつ、奈南は五本の指を巻きつけてくる。そして、しっかりと握ると硬さと脈動とを確認するように、ゆっくりと擦過しはじめた。

「あぁ……たまんないよ……太くて硬くて、とっても熱くて……ふふっ、先走り汁もいっぱい出てる……」

苦悶に歪む友幸の顔をのぞきこみながら、奈南が手のひらで鈴口を捏ねはじめた。漏れ出るカウパー腺液がクチュクチュと卑しい音を立てて攪拌されていく。

（ダメだ……っ。このままだとイカされる。ナナちゃんと別れると決めたのに、イカされるなんて絶対にダメだ……っ）

彼女の手筒から逃れようと、友幸は腰を大きく振った。

しかし、奈南は馬乗りになると、渾身の力をかけてくる。射精欲求が湧きあがった身体では、振り払うだけの余力などない。

「ダメだよ、抵抗しちゃ。絶対にイカせるから。そして、イッてもイッてもやめてあげない。休むことも許さない。私とつき合うのがいちばんいいって、私とエッチしまくるのがいちばん幸せってこと、しっかりとわかってくれるまで続けるんだからっ」

淫液に塗れた手が再びからんで、先ほど以上に強く握られた。堪らず腰を戦慄かせると、奈南が下半身で押しつけ返してくる。

「ほら、出して。濃い精液いっぱい出してっ。私に熱いのたっぷりかけてっ。私とのセックスじゃなきゃ満足できないようにしてあげるっ」

発情した吐息まじりに煽り立てると、肉棒が激しく扱かれた。沸騰した白濁液が猛烈な勢いで肉柱を駆けあがってくる。

「友くんはもう私のものなのっ。もう絶対に離さないんだからっ」

再び胸板に唇が押しつけられたと思った刹那、前歯で肌を甘噛みされる。すぐに強烈な吸引を見舞われて、ヒリヒリとした鈍痛がやってきた。

「んんっ……んんぅっ！」

奈南はくぐもった声をあげながら、何度も場所を変えて同じことをくり返してくる。痛みはすぐに喜悦と直結し、射精の威力へと転化された。

もはや、我慢など不可能だった。

「うあっ、出るっ……うぅぅ！」

まるで腰が爆発したかのような衝撃だった。凶悪なまでの愉悦とともに、ビュルルと音が聞こえそうな勢いで熱く滾った白濁が噴出する。

「ああっ、すごいっ。熱いのがこんなにいっぱい……はぁ、ぁ……素敵ぃ……」

放出した精液を手の中で受け止めて、射精に戦慄く肉棒へと塗りたくる。果てた直後の過敏さを無視するように、奈南の手淫は止まらない。

「ナナちゃん、待ってっ。出しながらそんなに弄られたら……ぐぅ、ぅ！」

「ダメ。待たない。止まってなんかあげないの。実のお姉ちゃんとエッチしちゃう悪いおち×ちんには、たっぷりとお仕置きしてあげるんだからっ。おち×ちんも友くんも、由紀香のことなんか忘れさせてあげるんだからっ」

精液で下腹部をドロドロにさせつつ、作ったばかりのいくつものキスマークに舌を這わせてくる。発情と激情とに囚われた奈南の姿に、友幸は牡悦とともに罪悪感を抱かずにはいられなかった。

止めどなく湧きあがる淫欲に、奈南は自分を制止できなかった。

（我慢しないんだから。どこまでも淫乱になってやる……っ）

嫉妬や怒りが、普段の淫らさを何倍にも肥大させている。今の奈南は狂った牝以外の何ものでもなかった。

（徹底的に搾り取ってあげる……ほかの女のことなんて考えられないように、由紀香のことなんて考えられないようにするんだから……っ）

長年想いを抱いたすえの友幸との関係だ。それを逃してしまうなど、絶対にあってはならない。どんな手法を使ってでも、友幸を引き止めなければ。

奈南は必死だった。

「いっぱい射精したのにまだまだ硬いね。友くんの絶倫なところも好きぃ……」

精液をローションにして、いまだに勃起を維持する肉棒を撫でまわす。グチュグチュと木霊する卑しい粘着音が、奈南の牝としての本能を煽ってきて仕方がない。

「うぐっ……ううっ……」

友幸は真っ赤な顔で呻きをあげていた。汗ばんで火照った肌から、友幸の体臭が漂ってくる。奈南にとっては、何ものにも代えがたい魅惑のフレグランスだ。

（友くんの匂いも汗の味もとっても好きなの。いっぱい堪能《たんのう》したい……）

そう思ったときには、すでに首すじを啄《ついば》んでいた。チュッチュと音を立ててから、ねっとりと舌の腹で舐めあげる。

「たっぷり舐めてあげるからね。肌から私を染みこませてあげる……」

舌足らずに囁きながら、奈南はゆっくりと丹念に舌を滑らせる。胸や脇腹、腹部を交互に何度も舐めながら、唾液を染みこませるかのごとく塗りひろげていく。

「ナナちゃん……頼むから、もうやめてっ……もう俺は……んぐっ」

いまだ抵抗しようとする友幸に、奈南は無理やり口づけをした。恋人同士の甘いキス、などではない。唇をこじ開け、舌をねじこみ、乱暴なくらい大胆に口内を舐めまわす。

（ああ、口のまわりがベトベトに……もっと汚してあげる。いっぱい涎を流しこんで、口も私に染めてあげる……っ）

溢れる唾液を舌にからめて、友幸の口内へと送り出す。互いの粘液をグチュグチュとかき混ぜて、強制的に嚥下させた。零れたものも舌で舐め取り、口のまわりに塗りひろげてしまう。下品きわまりない行為であるが、もう止まらなかった。

「私と別れようとするから、私よりも由紀香を選ぼうとするからだよ。姉弟同士で恋人やエッチだなんて、ダメなことなんだから」

子供を諭すようなやさしい口調で言ってやる。それでも、舌先では友幸の唇をなぞっていた。精液に塗れて粘つく肉棒への愛撫もやめていない。

(おち×ちんからの精液の匂いがものすごい……こんなに濃い匂い、酔っちゃいそう……)

漂う牡臭に恍惚としつつ、奈南は舌を這わせながら下腹部へと移動する。股間が近づくにつれて匂いは濃度を増していき、自然と子宮が甘く痺れた。

「そっちは……あぐっ」

奈南の思惑に気づいた友幸が、焦るように声をあげるも、勃起を強く握って言葉を途切れさせる。肥大した肉槍は、白濁に塗れていつも以上の威容を誇示していた。

(……女の匂いがする。私じゃない、ほかの女の……)

目の前で反り立つ肉棒からは、友幸のものとは違う淫臭が混じっていた。誰のものなのか考えるまでもない。由紀香の牝臭だ。

(……上書きしてやる)

嫉妬が火柱となって噴きあがる。

ベトベトに汚れた勃起をしっかり摑む。蕩けた舌でねっとりと舐めあげた。

「ううっ……まっ、待って。汚いからっ、舐めるのはダメだよっ」

「そうだね、確かに汚れてる……由紀香に汚されて、かわいそうなおち×ちん……だから、私がしっかりときれいにしてあげる」

苛立《いらだ》つように奈南は言うと、亀頭から根元までを一気に呑みこむ。弾みで喉奥まで突き刺さるが、その苦しさは激情の前ではなんでもない。

「うぐっ……あ、あああっ……」

勃起が口内を押しひろげ、ビクビクと荒ぶるように脈動する。腰も跳ねあがってしまうが、決して振り払われるものか、としがみついた。

(友くんの味がする。とっても濃くておいしいはずなのに、由紀香のオマ×コの味までするなんて……許さないっ)

激しさを増す感情に突き動かされ、奈南は肉棒へのストロークを開始する。最初から動きを激しくした。一刻も早く汚らわしくて不愉快な由紀香の淫液から洗ってやらなければならない。

「待ってっ。待って、ナナちゃんっ。激しすぎるからっ……うあ、あっ」

友幸の声は悲鳴に近いものになっていた。それでも奈南は無視をする。たっぷりと唾液をからめてじゅぷじゅぷと音を立てながら、一心不乱に口内粘膜でしごきつづけた。唾液が零れて陰嚢や会陰、さらには真下のシーツまでをもべっとりと濡らしてしまうが、そんなことなど気にも留めない。

（私の友くんっ、私のおち×ちんなんだからっ。私のフェラが、私のオマ×コが友くんにはふさわしいのっ。一番じゃなきゃいけないっ）

えずきそうになるのを堪えつつ、必死に喉奥で亀頭を愛撫する。頬を窄めて吸引し、友幸のエキスだけを意識しながら嚥下した。

「んは、ぁっ……きれいになってきたね。ふふっ、ピクピク震えてうれしそう……」

唾液にコーティングされた勃起を手と口とで愛撫しつづける。ぽっかりと口を開けた鈴口は絶え間なく収縮し、とぷとぷとカウパー腺液を湧出させていた。付近に滲むようにひろがるそれを、極上のシロップであるかのようにねっとりと舐め取ってしまう。

「ねえ、少しはわかったかな。私とのセックスが友くんにはもっともいいって。私、友くんが望むならなんだってするよ。お料理やお菓子だって作ってあげるし、もっとエッチで変態的なことだってしてあげられるんだから」

陰嚢を揉みほぐしながらチロチロと亀頭を舐める。淫らに狂った牝の顔で、奈南は友幸の様子を窺った。

「はぁ、はぁっ……ごめん……もう俺は決めたんだ……これ以上ナナちゃんとは……あぐっ！」

言い終わるのを待たずして、奈南は再び肉勃起を呑みこんだ。荒々しく顔を上下に振り立てる。

（なんで……なんでわかってくれないのっ。私はこんなにも友くんを愛しているのに、なんで応えてくれないの……っ）

奈南の中で怒りがみるみるとふくらんでくる。愛しているぶんだけ、こみあげる怒りは凄まじかった。

激情に任せたフェラチオは、もはや暴力的なものとなっている。漏れ出る唾液は泡立って、友幸の陰毛を浸しては流れ落ちていく。

「やめてっ、ダメだってば！　俺はもうナナちゃんではイッたらダメなんだ……うあぁっ」

「イカせてあげるっ。足腰が立たなくなるまでイカせまくってやるっ。わからず屋の友くんなんて、私とのエッチで狂っちゃえばいいんだよっ。私はとっくに狂ってるの。だから、今度は友くんの番だよ。四六時中、私とのセックスを考えて、おち×ちんをいつも勃起させるような男の子に変えてやるんだからっ」

高速で肉棒を扱きながら言い放つと、すぐに苛烈なフェラチオを再開した。顎は疲れて感覚を失っている。真っ赤な顔は汗に塗れて、額や目もとに黒髪が貼りついていた。それらを無視して、無我夢中で射精へと愛しい少年を追いつめていく。

「うぐ……あ、あっ、出るっ……や、やめ……ああっ」

肉棒の脈動が激しくなって太さが増したと思った瞬間だった。ビクンと腰が跳ねあがり、気道に亀頭がはまりこむ。

間髪を容《い》れず、喉奥に灼熱の粘液が浴びせられた。あまりの量と勢いに目を白黒させるも、しっかりと友幸の下腹部にしがみつく。もはや、本能的なものだった。

(友くんの精液、全部私がもらうんだから。口ではもちろん、アソコでだって。友くんがいっしょにいてくれるなら、私は自分から性道具になる……っ)

苦しさに涙が溢れて、一滴二滴と零れ落ちていく。小麦色の肌は汗に濡れ、カタカタと震えていた。

くぐもった声をあげながら、奈南はすべてを飲みほした。ただでさえ火照っていた身体は、牡液の熱さで内部から焦げつくような熱をひろげてしまう。その感覚が堪らなく甘美だった。

「友くんの精液とおち×ちん、本当にすごいよ……本当に大好き……」

肉幹内に残っていた精液を吸いあげてから、ぷはっと口をようやく放す。

しかし、ペニスへの愛撫は決してやめない。射精の余韻に戦慄く肉槍にキスの雨を降らせていく。

(このおち×ちんに教えてあげる。私がどれだけ友くんのために淫らになれるのか。どれだけ友くんを愛しているのか、刷りこみしてあげるからね……)

もはや奈南に恥の概念は残っていない。友幸への必死の願いが、自らをどこまでも卑猥な牝へと狂わせていく。

汗まみれの顔に恍惚とした表情を浮かべながら、奈南は肉棒に頬ずりした。

(このままじゃマズいっ。なんとかして、やめさせないと……っ)

友幸は身体を震わせながら焦っていた。二度の強制射精でぼんやりとする頭を必死に回転させる。

しかし、射精直後で敏感になっている肉棒には、奈南からの刺激が止まらない。チリチリと焦げるような刺激が友幸をどこまでも追いつめる。

「友くん、もう諦めなよ……逃げるなんて無理だよ。それに……おち×ちんはやめてほしいだなんて思ってないじゃん」

妖しい笑みを浮かべて奈南が呟く。

彼女の言うとおりだった。あれだけ大量の精液を放ったというに、ペニスはなおも肥大しながら脈動しつづけている。

(なんでだ……なんで俺のチ×コは俺の考えてることと真逆の反応をしてるんだ。鎮まれ……もう勃っちゃいけないんだ……っ)

無意識に発情を続ける下半身を叱責するも、意識すれば意識するほどに怒張は硬度を回復した。ついには射精前の威容を回復してしまう。

「ふふっ……友くんが二回射精しただけで満足できるわけないじゃん。いつも、三回四回と射精しても、まだおち×ちん勃起させてるくせに……」

酔ったような甘い声で言いながら、奈南が肉棒を慈しむように舐めまわす。それだけで勃起は歓喜して、先走りの粘液を滲み出した。

「ナナちゃん……もうやめようよ。こんなかたちでエッチするなんて間違ってる。俺はもうナナちゃんとセックスなんてできないんだ……っ」

悲痛まじりに懇願するも、奈南はニヤリとしながら首を振る。

「友くんがそう思ってても、おち×ちんは違うじゃん。そして……私もおち×ちんと同じ思いだよ……」

今いちど勃起をねっとりと舐めあげて、奈南はゆらりと身体を起こした。

小麦色の肌は汗で濡れ、妖しくも美しく身体を光らせている。形のよい乳房はパンパンに張りつめていて、乳首が硬そうに肥大しながら上を向いていた。

(ダメだっ、ナナちゃんの身体に欲情してはっ。そんなのナナちゃんにも姉さんにも申し訳なさすぎる……っ)

自分は由紀香を選んだのだ。それがどんな結果になろうとも、自分の選んだことである以上悔いはない。奈南がどれだけ自分を愛して求めてくれようとも、それに応えることなどあってはならない。

「うふふ……おち×ちんが期待しちゃってるね。早く私の中に……オマ×コの中に入りたいって叫んでる……」

うっとりとしながら奈南は呟くと、友幸の腰を跨いできた。禍々しく反り返る肉棒に手を添えて、ゆっくりと股間を下ろしはじめる。

「ダメだってっ……ナナちゃん、それだけはダメだ！　俺はもうナナちゃんとセックスは……っ」

焦りながら叫ぶと、とつぜん口内になにかがねじこまれた。甘い芳香を放つそれが舌にからまって、ふぐふぐと呻くことしかできなくなる。奈南の脱ぎ捨てたショーツだった。

「うるさいなぁ。いいかげん、素直になりなよ。友くんは私に欲情してる。私のオマ×コのいちばん奥まで入れて、思いっきり中出ししたいって思ってる。お口が素直にならないなら……身体に直接答えてもらうから！」

亀頭の先が淫泉に触れた。熱い泥濘《ぬかるみ》を感じた瞬間、奈南が一気に腰を下ろす。

「んあ、あああぁ！」

淫らな叫びを響かせながら、奈南が黒髪から汗を飛び散らせる。濡れた上半身を反り返らせて、挿入の衝撃にカタカタと身体が震えていた。

（入れてしまった……っ。ナナちゃんの中に、しかもナマで……早く抜かないとっ。こんなのダメだっ）

なんとか肉棒を引き抜こうと、下半身を前後左右にくねらせる。

しかし、手錠をかけられ、ショーツをしゃぶらされ、さらには奈南が渾身の力で淫膜を押しつけてくる状況では、まったくの無力であった。むしろ、彼女を悦ばせることにしかなっていない。

「あ、はっん！　ん、ぁっ……いきなりそんな動いちゃダメぇ……っ。オマ×コの奥、いっぱい擦れちゃう……あ、ああっ」

自らの弱点である膣奥が亀頭に当たるように、奈南は股間をプレスしてくる。グリグリと擦れる感覚に、肉棒が喜んでいるのがよくわかる。

(感じちゃダメだっ。ナナちゃんとセックスしないと決めた以上、感じることなんて……うあっ、腰を動かさないでくれぇっ)

友幸の意志を愚弄するように、奈南が股間を揺らしはじめる。自身の体重をたっぷり乗せて、子宮口をゴリゴリと擦りつけてきた。

「気持ちいいよぉっ。私のオマ×コ、すっかり友くんのおち×ちんの形になっちゃってるから……ああっ、奥も入口も、全部気持ちよくてすごいのぉっ」

卑猥な笑みで見下ろしながら、奈南が腰遣いを速めてきた。溢れ出た愛液と塗されていた唾液とが攪拌されて、グチュグチュと下品な水音が響きわたる。

(中がうねって……ううっ、締めつけのくり返しが絶妙すぎる……っ)

肉棒を包む蜜膜は、甘やかな愉悦を絶え間なく生み出した。牡槍の全体を喜悦が覆い、友幸の理性をじわじわと崩しにかかる。

「おち×ちん、とっても悦んでるよっ。中でいっぱいビクビクして……ああっ、もう止められないよぉっ」

前のめりになった奈南は友幸に覆いかぶさるように手をつくと、グッグッと膣奥に肉棒をねじこませてくる。雁首が膣襞を抉《えぐ》りながら子宮口を押しつぶし、ドプリと女蜜が漏れ出て垂れた。

(感じちゃいけないのに……堪らないっ。このままだと確実にイカされる……っ)

股間の奥底で熱い疼きが生まれていた。絶対に出してはいけない、滾らせてはいけないと思うのに、疼きの激しさは増してくる。堪らず、ねじこまれたショーツを嚙みしめ、苦悶の表情で頭を何度も振った。

「ふふふっ。友くんも感じてるんだね。いいんだよ、たっぷり出して……私のいちばん奥に友くんの精子いっぱいちょうだいっ」

嬌声と吐息を荒々しく響かせながら、奈南がピストンを開始する。汗と淫液に塗れた肉と肉が激しくぶつかり、ばちゅんばちゅんと濡れた打擲音が部屋中に木霊した。

「ああっ、すごいよぉっ。気持ちよすぎておかしくなっちゃうっ。私、もっと狂っちゃうぅっ」

股間を激しくぶつけたかと思えば、亀頭を押しつぶすように腰をくねらせる。奈南は蜜壺で生み出せるすべての悦楽で友幸を責め立ててきた。

(やめてくれっ。出るからっ、出ちゃうから！　中出しだけは絶対ダメなんだ！)

こみあげる牡欲を必死に堪えつつ、視界の滲む瞳で哀願した。

しかし、奈南は視線を合わせると、凶悪なほどに淫らな笑みを浮かべて顔を近づけてくる。

「ほら、出しちゃいなよ。熱くて濃いの、いっぱい出してっ。友くんの大切な精子、絶対に由紀香なんかには出させないんだからっ」

上半身を友幸に倒して乳房を押しつけ、擦ってくる。コリコリとした硬いしこりが、滑った肌を愛撫してきて、愉悦をさらに上書きしてきた。

「おっぱいも……ああっ、感じちゃうっ。気持ちいいのっ、気持ちよすぎるのっ。はぁ、ぁ……私も、もう無理ぃ……っ」

奈南は叫ぶやいなや、友幸の身体に力いっぱい抱きついてきた。同時に尻を激しく振り立てる。捏ねられつづけてゼリー状と化した淫液が飛び散っているのがわかった。

「ふぐぅ！　んぐっ……んむう！」

(もう出るっ、無理だ！　出てしまう！　姉さん、ごめんっ。本当にごめん……っ)

脳裏にやさしく微笑む由紀香が浮かぶ。だが、その表情は一瞬でせつなく悲しいものへと変化した。美しい瞳からはポロポロと涙が零れ落ち、射精欲に囚われた友幸を苦しめる。

「ああっ、イくっ……私、イッちゃうぅ！　いっしょにイッて。友くんの精液でイカせてぇ！」

渾身の力で奈南が膣奥をねじこんできた。膣口と淫膜とが決して放すまいと強烈に締めつけてくる。

限界だった。

「ううっ、うう！　ぐううぅ！」

「あぁぁ！　出てるっ、熱いのいっぱい……イッくううううぅ！」

濡れた小麦色の肌に鳥肌がひろがった。甲高い叫び声のあと、結合部を押しつけながら、奈南の裸体が硬直する。

(出してしまった……どうしてこんなことに……姉さんはもちろん、ナナちゃんも苦しめるだけだっていうのに……)

三度目とは思えない大量の白濁液を注ぎながら、友幸は自らの愚かさに打ちひしがれた。猛烈な罪の意識に胸が潰れてしまいそうだ。

背骨が折れるかというほどに反り返った奈南は、なおも喜悦の頂点を漂っている。不規則に震える肢体からは汗の雫が降り注ぎ、絶叫の形で開いたままの口端からは涎が零れて、糸を引きながらゆっくりと友幸の胸に滴り落ちた。

（ああ……私の奥が友くんに満たされいく……幸せぇ……）

奈南は硬直する身体でこれ以上ない幸福に浸っていた。身体は汗にまみれて、涎まで垂らしてしまうが、そんなことはもはやどうでもいい。友幸から得られた甘美な世界に酔えるなら、自らの見苦しい姿など些細なことだ。

「あは、っ……かはっ……はぁ、ぁっ……あぁぅ……んっ」

ようやく強張りが解けてガクンと項垂れる。全力で愛欲を貪ったせいで、過呼吸かと思えるほどに息をせざるを得ない。

「うう……んぐ……っ。んん……」

友幸が苦しそうに呻き声をあげている。滴った汗や涎で汚れた胸板が大きく上下に揺れていた。中学生とはいえ男である。その厚くて逞しい姿に、女としてのときめきが、淫らな牝欲へと昇華する。

「はぁ、ぁ……友くぅん……」

汗に濡れた首すじに、ねっとりと舌を這わせていく。年下男子の汗は、塩気と同時に言いようのない甘さを含んでいる。奈南にとってはまさに媚薬だった。

舌が滑るたびに、友幸の身体がビクビクと跳ねあがる。

「由紀香はこんなことしてくれないでしょ。私だったら、もっとすごいことしてあげられるよ。友くんが喜んでくれるなら、私、本当にどこまでも淫乱になれるんだから……」


ゆっくりと身体を起こして、下腹部へと視線を落とす。

深くまで繋がり合った結合部は、壮絶な光景をさらしていた。奈南の激しい腰遣いに、溢れ出た愛液は細かく泡立ち、白濁と化している。それが互いの陰毛にからみつき、放たれる淫臭は目眩がしそうなほどに濃厚だった。

(すごい匂い……こんなの、私が我慢できなくなっちゃう……っ)

絶頂の余韻でぼんやりとする脳内で、ピンク色の欲望が濃さを増す。いまだ整わぬ呼吸に、再び発情の熱が混ざりはじめた。

「ふふっ……三回も出したのに、まだおち×ちんガチガチだね。まだまだしたりないって、もっと私のことが欲しいって言ってるよ……？」

蕩けるような甘い声で言ってやると、友幸は目を見開いた。否定のつもりなのだろう、ブンブンと頭を激しく振っている。

「何度も言ったじゃない。友くんが私だけを愛してくれると誓ってくれるまで、私は何度でもエッチするよって。友くんにはまだ迷いがあるよね。だから……そんな迷い、完全に打ち消してあげる……っ」

再び蜜壺を締めつけながら、全体重を肉棒に乗せる。

「んあ、あぁぁ！　あ、あはっ……ひぃっ、はぁ、ぁっ」

鋭く重い淫悦が、奈南の華奢な身体を貫いた。ぶちゅっと下品な水音とともに、結合部から白濁液が噴きこぼれる。

「んぐう！　んっ、んんっ……んふぅ！」

真っ赤な顔をした友幸が、必死に「やめてくれ」と叫んでいる。

しかし、勃起は本能に正直だった。膣奥との強烈な結合に、歓喜の震えを見せている。自ら腰まで突きあげていた。

（友くんも本能に囚われちゃえばいい。本能で私を求めれば、もう私以外で満足なんかできなくなるはず……私だけの男の子に変えてやるんだからっ）

卑猥な企《たくら》みを胸で燃やしつつ、奈南は腰を振り乱す。最初からスパートをかけた、乱暴なほどに激しい腰遣いだ。風呂あがりかと見紛うほどに大量の汗が噴き出るも、そんなことは気にも留めない。

「あっ、はあぁ！　腰が、腰が止まらないのっ。オマ×コグリグリするのやめられないよぉ！」

嵐のような激しい喜悦に、奈南は嬌声を響かせる。狭い室内は熱気に満ちて、男と女のむせ返るような淫臭が立ちこめていた。

(友くんにわからせるだけじゃダメ……由紀香にも……あの子にも自分の愚かさを自覚してもらわなきゃ……っ)

もはや奈南にとって、由紀香は自分と友幸とを引き裂く悪しき存在、つまりは敵である。親友だと思っていたぶん、こみあげる怒りと嫉妬は猛烈なものだった。

(絶対に許さない……見せつけてやるっ)

ベッドの傍らに投げ置いていたスマホを手に取った。画面を点《つ》けるやいなや、カメラアプリを起動する。

(見せてやるっ。友くんが私とどれだけ深い仲なのか思い知らせてやるんだからっ)

汗に濡れ光る友幸の裸体と、ドロドロに汚れた結合部を撮影する。パシッと無機質なシャッター音が室内に響いた。

友幸が大きく目を見開いて、なにかを声高に叫んでいる。もちろん、それに反応などしない。

(友くんが私だから勃起してるのも、私だから中出ししてくれてたことも、みんな包み隠さず教えてやるっ)

激情の勢いに任せて、何十枚と連続で写真を撮る。できあがったのは、決して人には見せてはならない猥褻な画像だ。

「この写真、どうするかわかるかしら。教えてあげようか」

メッセージアプリを起動して、由紀香との既存の会話を表示する。それを友幸の眼前に掲げながら、添付画像の選択画面を開いた。

(これを送ったら、私たちの友情は完全に終わる。もうもとになんて戻せない……)

画像を選択しようとする指が戸惑いで止まってしまう。

由紀香とのこれまでの思い出が走馬灯のように思い出される。幼稚園時代にいっしょに駆けまわったこと、小学生の頃の夏休みにプールへ行ったこと、中学生になり、テスト勉強と称して彼女の部屋でお菓子を摘まみながら他愛のない話で盛りあがったこと、それらの記憶が瞬間的に奈南の脳裏を通りすぎた。

「ふっ……ふふっ……」

静かな笑いがこみあげた。自らに呆れた自嘲の声だ。

(ここまで来て躊躇するなんて、バカみたい。もう由紀香は親友でもなんでもない。私から友くんを奪おうとする最低な女、ただそれだけじゃない……っ)

由紀香の行為は完全な寝取りである。それだけでなく、友幸を近親相姦という誤った道へと誘おうとしているのだ。絶対に許してはならない。

燃えたぎる怒りに奈南は奥歯を嚙みしめた。そして、撮影した画像を由紀香へと送りつける。

「んぐう！　んふぅ……っ」

友幸がくぐもった大声をあげて、愕然としていた。そんな彼を一瞥《いちべつ》しながら、奈南は撮影した画像のすべてを送信しつづける。

画面を操作しつづけると、やがて添付画像の脇に「既読」の文字が一気についた。

今この瞬間、由紀香は写真を見ているはずだ。

（今、由紀香はどれだけショックを受けてるのかな。それほど気の強くないあの子のことだから、きっと泣き崩れているのかも……ふふっ、いい気味ね……自分の愚かさと無力さに、打ちひしがれればいいのよ）

画像だけでは物足りない。なにか一言だけでも言ってやりたい。考えたすえに思いついた言葉は、単純で短い、それゆえに直接的な言葉だった。

――友くんは私のなの。絶対に許さない。

奈南は慣れた手つきでそう入力すると、すかさず由紀香に送ってやった。

おそらく画面を見ていたのだろう、送信と同時に既読になる。

（こんなもんじゃないんだから……由紀香のメンタルなんてグチャグチャになってし

まえばいい……っ）

「ううっ……んんっ。んんっ！」

奈南の暴挙に抗議をしたいのか、友幸が再び暴れ出す。ガチャガチャと手錠の音が鳴り響いた。

「そっかぁ。友くんもまだわかってないか。姉弟そろってどうしようもないんだね」

由紀香への激情とは打って変わって、友幸には慈愛をこめた笑みを浮かべる。まだまだ教育してやらねばならない。

淫液まみれの結合部に再び重心をかけていく。ぶちゅぶちゅという音とともに、亀頭が子宮口めがけて埋まりこみ、身体の芯から震えが走った。

「んっ……んぐっ……んんぅ！」

仰向けの身体を反り返らせて、友幸が苦悶の叫びをあげた。上書きするように、奈南も甘い声を響かせてしまう。

「んあ、ああっ……ほらほら……まだまだ終わらないよ。友くんにはやさしくたっぷりと教えてあげるんだから。由紀香とのエッチなんて忘れさせてあげる。身も心も私の虜にしてあげるっ」

腰を浮かせて雁首のあたりまで露出させる。それからすぐに股間を打ちつけた。じゅぷっと粘液が弾ける。お互いに官能の叫びをあげた。

(由紀香から助けるためなら……近親相姦なんて馬鹿げたことから救うためなら、どこまでも淫乱になってあげる。だから、私だけを見て。友くんがいっしょにいてくれるなら、私はどうなったって構わないっ)

股間を激しく弾ませて、何度も膣奥を自ら潰す。強烈な快楽で、視界はチカチカと明滅をしはじめた。

(ああっ……また来ちゃうっ。友くんにイカされちゃうっ)

渾身の力で淫華を突き出し、捏ねまわすように腰を振る。ガタガタとベッドを軋ませて、悦楽の極地へと突き進む。

「あ、ああっ……はぁ、ぁ! イッちゃうっ……おち×ちんで突いてっ。オマ×コ壊れるくらいいっぱい突いてぇ！」

淫らな叫びに、友幸が応えてくれた。グッと腰を持ちあげて、膣奥の敏感な部分を抉ってくる。またしても肉棒がひときわ大きく肥大した。

(中出しされるとこも見せてやろう。写真なんかじゃなくて動画で。友くんが私に精液注ぐとこ見せつけてやるっ)

愛しい男が自分以外に膣内射精するなど、女からすれば気が狂うほどの衝撃だ。おそらく、由紀香の自我は完膚なきまでに打ち砕かれるであろう。

(壊してやるっ。私から友くんを奪おうとした罰よっ。立ち直れなくしてやるっ)

絶頂の予兆で震える身体でなんとかスマホを操作する。動画モードに切りかえて、体液に塗れた結合部にレンズを向けた。

「あぁっ、はぁ、ぁ！　出してっ、私の中に精液出して！　子宮の中までいっぱいにしてぇ！」

わざと卑猥な言葉を叫んでやる。由紀香がこの動画を見て絶望する姿を思うと、身体がゾクリと震えてしまう。自分の悪女ぶりすら、喜悦へのエッセンスになっていた。

振り乱す腰とくり返される突きあげに、画面は激しくぶれていた。別にそれで構わない。中出しされる瞬間を見せつけられればいい。

「ぐうっ……ううっ、うぐぅ！」

悲痛な呻き声が響いた瞬間、膣奥に熱い飛沫が訪れた。全身の筋肉が硬直し、小麦色の肌に滝のように汗が滴る。

「イク、イクぅぅ！　あ、ああっ――っ」

喜悦の凄まじさに声すら出せなかった。体内で勢いよくなにかが弾けて、壊れた機械のように身体をガタガタさせることしかできない。

（すごい……よぉ……こんなイキかた、今までになかった……こんなのまた来たら、頭おかしくなっちゃう……でも……もっと欲しい。同じくらいすごいの、また欲しい……）

真っ白に染まった思考の中で、悦楽に狂った欲求は収まらない。

それでも、体力はかなり消耗していた。射精の余韻で戦慄く友幸からバランスを崩してしまい、うしろのほうへとよろめいてしまう。

弾みで陰唇から肉棒がまろび出た。

（おち×ちんがドロドロに塗れて……ああっ、なんてエッチな光景なの）

蜜壺に浸していた肉棒は、互いの淫液がいくえにもからみついて、息を呑むほどの凄艶さを誇示していた。見ているだけで、牝の本能が加速度的に上昇していく。

一方、自身の姫割れはぽっかりと口を開けながら激しく収縮をくり返していた。膣奥に滞留していた精液が、ゆっくりと流れてきては零れ落ちようとする。

（ふふっ……いっぱい出してもらえた……由紀香にも見せてやらなきゃ……）

生殖行為である膣内射精は、それだけ自分たちの関係が特別なものだというなによりの証拠だ。由紀香につけ入る隙などないはずなのだ。

小刻みに震える手を伸ばし、漏れ出る白濁液を指で掬う。それを周囲に塗りひろげ、さらには膣内へと押し戻す。一連の流れをしっかりと動画に記録した。

（自分のオマ×コをほかの女にさらすだなんて、私もずいぶんと変態だよね……でも、いいの。友くんを相手にここまで狂っちゃうのが、堪らなく幸せなんだから……）

熱い吐息を響かせながら、奈南は動画を送信した。やはり、すぐに既読がついたが、返事がくる様子はない。おそらく、そんな余裕などないのであろう。

（苦しめばいいのよ。悔しさに泣き叫べばいいんだ。由紀香の性格を考えれば、もう私たちの邪魔なんかしないはず。それだけの気力なんか湧くはずがない）

こみあげる達成感に、自然と笑みが浮かんでしまう。

一方、友幸は汗に濡れた身体を弛緩させながら、ふごふごと苦しそうな呼吸を響かせていた。

「友くん、もう気を張らなくてもいいんだよ。友くんを惑わしていたお姉ちゃんには、私がしっかりお灸を据えてあげたから。もう悩む必要なんてないの……」

スマホを投げ捨て、友幸へとにじり寄る。再び、彼の下腹部を跨いでから、覆いかぶさるようにして、愛しい少年の顔をのぞきこんだ。

（誰にもわたさない……ほかの誰のところにも行かさない……友くんは完全に私だけのものなんだから……）

愛おしさと嫉妬、怒りの暴風で、奈南は狂気に取り憑かれていた。その狂気はどこまでも甘く淫らで、肉欲を抑えることなど不可能だ。

射精の余韻で震えるペニスに、淫膜を擦りつける。粘液まみれのそれぞれが卑しい音色を奏でていた。その音すらあまりに甘美に感じられて仕方がない。

「ふふっ……四回もイッたのにまだ勃起しようとしてる。もっと、もっと私を擦りこんであげるね……おち×ちんも友くんも、とことん狂わせてあげる……っ」

ふくらむ亀頭を泥濘にはめこんで、ゆっくりと股間を沈めていく。蕩けるような愉悦がこみあげ、奈南の全身に甘い痺れがひろがった。

（ああっ……堪らないよぉ。好きだよ、友くん。狂おしいほどに大好きなの。だから、絶対に離さないで。ここまでしないと、友くんがどこかに行っちゃいそうで怖いんだよ……っ）

捨てられて手の届かないところへ行かれてしまうのでは、という不安は消えてはくれない。先ほどまでの由紀香への達成感はすぐに霧散してしまい、奈南は再びの安息を求めて必死だった。

根元まで呑みこんでから、ゆっくりと腰を振る。グチュっと粘着音が鳴り響き、互いの喘ぎが混じり合う。

「はぁ、ぁっ……友くんっ、友くん……っ」

嬌声まじりに名前を連呼し、腰の動きを速めていく。友幸は苦悶に顔を歪めながらも、逞しい勃起で押しあげてくれた。

熱気と卑猥な空気が濃度を増す室内で、奈南は恐怖から逃れるために、狂悦を貪るしかなかった。

4

家に着いたときには、すでに日付が変わっていた。灯りは玄関だけが点いていて、リビングは真っ暗だ。家の中は静まり返っている。

(結局、ナナちゃんとは別れられなかった……考え直すと言ってしまった……)

極度の疲れと自己嫌悪に、友幸は深いため息をついた。

奈南は宣言どおりに本気で友幸を絞りつくした。いくら連続で性交できる友幸とはいえ限度はある。その限度を奈南は強制的に、大幅に超えさせた。

(チ×コがじんじん痺れてしまっている……歩くのも、もうつらい……)

奈南の家でシャワーだけは浴びてきた。もっとも、そのシャワーの最中ですら、奈南は肉棒を扱いては口淫して射精するまで放さなかった。

（ご飯を食べる気力もない……とりあえず横になろう……本当に限界だ……）

壁や手すりに手をつきながら、なんとか階段を上がっていく。いつもなら当たり前のように上り下りする階段が、とてつもなく長くて険しいものに感じられた。

「ううっ……ぐっ、ぅ……」

階段を上りきる直前、静かだったはずの家の中で、なにかの声が聞こえてきた。音が聞こえてくるのは、上ってすぐのドアの奥から。由紀香の部屋だ。

（姉さん……？）

音が響かないように慎重に歩を進めてみる。ドアの前までやってきてから、そっと耳をそば立てた。

「うあ、ぁ……ひっく……うぐっ……あぁ……」

（姉さんが泣いてる……）

紛れもなく由紀香の嗚咽だった。じゅるじゅると鼻を啜り、喉を詰まらせながらも、小さい泣き声はいつまでもやむ気配がない。

（今さっきからじゃないよな……たぶん、ずっと泣いてたんだ……ナナちゃんに送られた、あの画像のせいか……）

友幸に再び強烈な罪悪感がこみあげた。ぎゅうっと胸が締めつけられて、あまりの痛さに顔をしかめる。同時に、絶望ややるせなさ、自分への嫌悪と怒りに襲われた。

(俺がしっかりしないから……俺が流されてばかりだから、姉さんがこんなにも傷ついたんだ……ナナちゃんのせいじゃない。俺が悪いんだ……っ)

自然と両手が拳を作って震えていた。かたちはどうあれ、快楽に流されつづけたばかりに、大切な姉、愛する女をきわめて深く傷つけたのだ。自分で自分が許せない。

(……姉さんっ)

居ても立っても居られずに、友幸はドアノブに手をかけようとする、そのときだった。

「開けないでっ。お願い……お願いだからほっといて……私を一人にして……」

かすれるような弱々しい声だった。そして、すぐにすすり泣きが続いてしまう。友幸は立ちすくむしかなかった。

もはやなにをどうすればいいのかすらわからない。

堪らず友幸は自室へと逃げるように飛びこんだ。すぐにベッドに倒れて頭を抱える。

(俺はなんてヤツなんだ……っ。姉さんを……好きな人を守ってあげられず、あんなにも泣かせてしまうだなんて……最低なバカ野郎だっ)

折れそうなくらいに歯嚙みして、湧きあがる怒りをベッドに向ける。振り下ろした拳にボンっとマットレスが音を立て、無数のホコリが舞い散った。

恐ろしいくらいの静かさの中で、由紀香の嗚咽が微かに聞こえる。友幸は耳を塞いで、自身を蝕む罪悪感に耐えるしかなかった。

第五章　狂おしいほどの中出し

1

　翌朝、登校して席に着いていた由紀香を、数人の友人が心配そうな面持ちで取り囲んでいた。

「ねぇ、ゆきポン大丈夫？　正直言って、顔ひどいよ？」

「うん、目もとが赤く腫れてるし、髪もなんかパサついてる感じ」

「無理することないよ。いっそ、早退しちゃえば？」

　それぞれが眉をハの字にして顔をのぞきこんでくる。由紀香は顔を俯かせながら、小さく「大丈夫だよ」と言うしかなかった。

結局、昨夜はロクに寝ることもできず、夜通し泣いていた。自分の様相がひどいものである自覚はあったが、それでもあえて登校してきたのは、欠席すればより自分が屈辱に埋まりそうだったからだ。

（この子たちも、私が泣き腫らした理由を知ったら軽蔑するのかな……）

心配してくれるのは素直にありがたい。しかし、理由を聞かれたら、なんと答えればいいのだろう。自分がいかに世間から逸脱しているのかを、まざまざと突きつけられている気がした。

（でも……もう決めたの。もう逃げないって。しっかりと自分の気持ちを貫くって）

泣きながら考えたすえの結論だ。もう自分の気持ちに嘘などつけない。世間から批判や侮蔑を向けられようと、もはや知ったことではない。

（奈南に……はっきりと言うんだ。もう私たちは以前のようには戻れないし、私は……友幸のほうが大事だもの）

恐怖や不安がないと言えば嘘になる。それでも、このままではいられない。決意をもう一度固めるつもりで、グッと手を握りしめる。

「ゆきポン……」

その仕草を、つらさを堪えるものと勘違いしたらしい。傍らにいた女子がせつなそうな顔を浮かべて、やさしい手つきで頭を撫でてくる。

すると、視界の端に見なれた人物が教室に入ってくるのが見えた。ハッと目を見開き、息を呑む。奈南だった。

彼女はツカツカと早歩きで由紀香の席へと向かってくる。周囲のクラスメイトたちもそれに気づいて、何ごとかと彼女に目を向けた。

「話があるの」

机の正面まで来た奈南は、冷たく怒気をはらんだ声で言った。

「……わかった。私も同じだったから」

腫れた瞳で彼女を見あげる。奈南の双眸は、怒りや敵対心に満ちていた。

「な、なに……？」

「ゆきポンもナナもどうしたの……？」

事態が呑みこめない周囲の女子たちが、由紀香と奈南を交互に見ている。二人はそれに構うことなく、敵意をこめた視線をぶつけ合った。


由紀香は奈南に引き連れられて、校舎の屋上にやってきた。朝の日光がさんさんと降り注いでいるが、遠くのほうには厚い雲がひろがっている。湿り気を帯びた風は、雨を予感させた。

屋上には誰もいない。校門を見下ろすと、ある者は小走りで、またある者は猛ダッシュで校舎の中へと駆けこんでいた。まもなくホームルームの時間である。

「優等生の由紀香には、こんな時間に教室にいないのが、変な感じなんでしょうね」

刺々《とげとげ》しく奈南が言う。敵意のこもった双眸が鋭く由紀香を貫いてきた。

「……優等生なんかじゃない」

由紀香はポツリと言うと、じっと奈南を見据えた。

周囲に予鈴が鳴り響く。ガタガタと生徒たちが席に着く音が木霊のように聞こえてきた。

「……そうよね。由紀香は優等生なんかじゃないよね。だって、私から友くんを、実の弟を寝取ろうとする女なんだもの」

「…………」

由紀香はなにも返事をしなかった。かわりに、瞬きもせずに奈南を見つめつづける。

奈南の瞳がひときわ険しくなる。女の激情が燃えていた。

「私が言いたいのは一つだけ。友くんに二度と手を出さないで。彼はね、私のものなの。私の彼氏なの……っ」

叫ぶように言い放つ。

奈南の怒りや憔悴、嫉妬は痛いほどよくわかった。なぜなら、由紀香も同じだからである。

「……友幸はわたさない」

静かに、しかしはっきりと由紀香は言った。

「……なんですって?」

ピクリと眉を震わせて奈南が睨みつけてくる。今まで見たことのない、怒りに囚われた彼女の表情だった。

「友幸はわたさない。私は決めたの。姉弟だろうがなんだろうが関係ない。私は友幸が好きなの。だから、誰にもあの子をわたさない。それが、たとえ奈南であろうと、奪うのは許さないっ」

ビュンと風が強く吹きつけた。長い黒髪が宙を舞い、由紀香の視界を妨げる。その奥で奈南は、憤怒に身体を震わせている。

「バカじゃないの! 信じらんないっ」

吐き捨てるように奈南が叫ぶ。あまりの怒りで身体が前のめりになっている。

「実の姉弟で愛し合う……そんなの許されるわけないでしょう!」

これ以上ないほどに目尻をつりあげて、奈南が歩を進めてくる。今までだったら怯《ひる》んでいたことだろう。しかし、由紀香は動じない。きわめて真剣な眼差しで、怒りに戦慄く彼女を見つめる。

「あんたはよくても、友くんは？　友くんのことは考えてるの？　由紀香と……近親相姦なんて関係に陥らせて、友くんのことを考えてるとは思えない。異常すぎるっ」

「私たち姉弟の問題よ。あなたには関係ない」

「あるっ、大ありよ！　言ってるでしょ。友くんは私の彼氏なの！」

「その彼氏を拘束して無理やりエッチするのが、あなたのつき合いかたなの？」

一瞬、奈南が気まずそうな顔をした。大きな瞳が僅かに揺れる。由紀香は感情の昂りのままに言葉を続けた。

「別に私を貶《おとし》めるのは構わない。けれど、そんなことのために友幸をおもちゃのように使うのだけは許さない。そんなことをする女に友幸は絶対にわたさない。友幸をこれ以上苦しめないで。汚さないでっ」

「苦しめてるのはそっちでしょうっ。由紀香がよけいなことするから、友くんは苦しんでるんだよ。どうしてそんなこともわからないの！」

「姉弟だろうが関係ない。私は自分の想いに素直になる。異常だとか狂っているだとか、好きに言えばいい。私は友幸が好きなのっ。奈南みたいな淫乱女には指一本触れさせない！」

「なっ……」

由紀香の叫びに奈南がハッとした。そして、カッと目を見開くと、ひろげた右手を振りあげる。

平手打ちの予感に由紀香は身構えた。しかし、視線だけははずさない。瞳の中で燃えさかる炎を凝視しつづける。

(殴るなら殴ればいいっ。一発でも二発でも、好きなだけたたけばいいわっ)

もう決して遠慮はしない。今までの人生で一度としてない眼力を奈南に向けた。

奈南の手のひらが勢いよく向かってくる。

「……くっ」

だが、彼女の手は頬のすぐ近くでピタリと止まった。怒りに染まった奈南の顔に、悔しさのようなものが混じっている。

「……寝取ろうとするあなたから、淫乱なんて言われる筋合はない」

激情を押し殺すように奈南は言うと、ゆっくりと手を引いていく。そして、無言で睨みつけてきた。その視線から少しも逃げることはせず、由紀香はじっと見つめ返す。

遠くから雷鳴が聞こえてくる。吹きつける風は強さを増して、あたりは雨の匂いが強くなっていた。

「……私たちだけで決めていいものじゃない。友くん次第だよ」

しばしの睨み合いのあと、ため息まじりに奈南が言った。ぶつかり合っていた視線が彼女のほうから逸れて、緑に塗られた地面に落ちる。

「……そうね。私たちだけで怒鳴っていても意味がない……」

由紀香も視線を落として足下を見た。スカートが微かに震えている。今頃になって、自分の脚が戦慄いていることに気がついた。

(言ってしまった……もう本当に奈南とはもとには戻れない。私たちの関係は終わってしまった……)

奈南と絶交してしまうのは覚悟していたはずである。それでも、胸中にはせつなさや寂寥感が激痛となって満ちていた。物心つく前から常にいっしょにいた奈南が、もう自分とは相容れない人間になってしまった。自ら決断したこととはいえ、その事実はあまりにも大きすぎる。

「選んでもらいましょう、友くんに、私と由紀香のどっちといっしょにいたいのか」

「…………」

奈南の提案に、由紀香は無言で頷いた。いよいよすべてが決まろうとしている。もうあとには引けない。

(友幸が私を選ばなかったとしても、受け入れるしかない……でも、本当にそうなったら……私は耐えられるのだろうか……)

望まぬかたちになったとき、自分が自分でなくなってしまう気がして、由紀香は恐怖に身体を震わせた。

2

窓の外は土砂降りの雨になっていた。ときおり空が光って雷鳴が響きわたっている。

友幸は重苦しい空気にすっかり小さくなっていた。自分の家、それも自分の部屋だというのに居心地が悪くて仕方がない。

(大変なことになった……俺が悪いとはいえ、こんなことになるなんて……)

友幸の前には、由紀香と奈南が座っていた。どちらも脇目も振らずに、じっと自分を見つめている。

「友くん、ごめんんね。こんな面倒なことに巻きこんで。でも、私たち二人だけではどうしようもないの。友くんに選んでもらうしかないの」

やさしい声で奈南が言う。

「私たちは決めたから、友幸が選んだらそれに従うって。選ばれなかったほうは身を引く。だから、私と奈南のどっちといっしょにいたいのかはっきり教えて」

由紀香がすがるように言ってきた。腫れぼったい目もとと少し乱れぎみの黒髪が、友幸の胸をチクリと痛めつける。

(選べって言われても……俺がここで答えを言ったら、俺たちの関係は……完全に崩れ去ってしまう)

友幸は自身の罪と、負わされた責任に頭を抱えた。

一限目の授業中、自宅で問題が起きたから、と早退するよう教師に言われた。何ごとかと思って校門を出ると、由紀香と奈南が待っていて、そのときにすべてを悟ったのだ。

(どうすればいいんだ。どうすれば二人のどちらも傷つけず、少しでも円満にことが解決できるんだ。もう俺はどっちも傷つけたくないっ)

どれだけ考えても答えは出ない。必死に頭を働かせても、頭痛が増すだけだ。

無言の空気が三人を包みこむ。室内に響きわたるのは雨が窓をたたく音と雷鳴のみ。

ときおり、どこかに稲妻が落ちていた。天候はより悪くなっている。

「ねぇ、友くん……」

重苦しい空気を破ったのは奈南だった。彼女はいつもの微笑みを浮かべている。だが、そこには一種の淫靡さが混じっていることを見逃さなかった。

（ナナちゃん、まさか……）

いやな予感、恐怖の予感がこみあげる。ドキリとして身構えた。それでも彼女は四つん這いになると、ジリジリと間を詰めてくる。

「答えが出ないならさ……もう行動あるのみじゃない？」

囁くような声は甘ったるい。いよいよ彼女の企みに気づいたときには、押し倒されてしまった。

「奈南……っ」

由紀香が悲鳴のような声をあげる。奈南は彼女に一瞥もくれず、覆いかぶさって友幸を見下ろしてきた。大きな瞳が潤んで妖しい光をまとっている。

「友くんはやさしいから答えなんて出せないよ。だからさ、身体で示せばいいじゃない。身体が私を求めてるってこと、由紀香に示せばいいんだよっ」

あっという間にベルトがはずされた。間髪を容れずにパンツごとズボンを脱がそうとする。

「やめてっ。なんてことしてるのっ」

慌てた由紀香が奈南にしがみつく。しかし、奈南は身体を捩って由紀香を振り払うと、思いきり身体をぶつけて突き飛ばした。ベッドに敷いたマットレスの端に身体がぶつかり、ボスンと大きな音が立つ。

「姉さんっ」

脱がされまいと抵抗しつつ、友幸は由紀香に目を向けた。黒髪をベッドにひろげながら倒れた彼女は「うう」と呻き声をあげている。

（とりあえず、ナナちゃんを止めないとっ……えっ）

視線を奈南に向けた瞬間だった。自分の手首に冷たい金属の感触が訪れる。昨日に引きつづいての手錠だった。奈南はすばやく器用に手錠をはめると、デスクの脚にチェーン部分を引っかけて、もう一方の手首にもはめてしまう。

「友くんはなにもしなくていいからね。そう……おち×ちん大きくして、いっぱい私に精子を出してくれればそれでいいの」

「待って、ナナちゃんっ。今、こんなことしなくても……っ」

「ダァメ……言うより見せるほうが早いでしょ。由紀香は物わかりが悪いみたいだし。

スマホの画面じゃ足りないってことね。実際に、目の前で見せなきゃダメみたい」

腰からずれただけのズボンとパンツを今いちど脱がしにかかる。友幸は必死に抵抗するも、両手を封じられては完全に抗うだけの力は出せない。

「奈南っ、やめなさいっ」

髪がボサボサになった由紀香が再度、奈南にしがみつく。今度は決して離れまいと、彼女のブレザーを思いっきり摑んでいた。

「こんのぉ……っ」

だが、奈南は渾身の力で身体を捻り、再び由紀香を引き剝がす。ブチッとブレザーからボタンがちぎれて、部屋の隅へと転がっていった。

「黙って見てなさいっ。現実を見せつけるから泣き叫べばいいわっ」

奈南はそう怒鳴ると、両手で由紀香を思いきり突き飛ばす。またしても彼女の身体はベッドへと倒れこんだ。

「姉さん……っ」

「まったく、姉弟ともども、本当にわからない人たちね。昨日、あれだけ教えてあげたってのに……」

呆れたように奈南は言うと、ニヤリとした表情で友幸を見る。友幸の身体にゾワリと悪寒が走った。

「友くんも、いいかげん素直になりなよ。あれだけ私に勃起しまくってたのにさ。今日だって……」

奈南が強引にパンツごとズボンを引きずり下ろす。ついに肉棒がまろび出た。

「ふふっ……ほら、思ったとおり……もう勃ちはじめてるじゃない」

ペニスは膨張をはじめていた。そして、美少女二人を前にして、どんどん硬さを増していく。

（なんで……なんでだよっ。こんな状況でどうして勃起してしまうんだよ……っ）

分身の変化に、友幸は戸惑うしかない。昨日に引きつづき、自らの意志とは正反対の反応に、絶望めいた感情がこみあげる。

「もっと大きくしてあげる……」

奈南が半勃ちの肉棒に手を添えた。しっとりした指の感触に、思わず腰が跳ねてしまう。

「ほら、すぐに反応しちゃうじゃないの。おち×ちんが私を求めてるよ？」

笑みを淫蕩なものにして、奈南は手筒で肉棒を扱きはじめた。あっという間に完全な勃起と化したペニスは、ついには先走り汁まで漏らしてしまう。

「グチュグチュいってる……とってもエッチな匂いまでして……あぁ……」

瞳の輝きは妖しさを増していた。熱っぽい視線が勃起に降り注ぎ、勝手に根元から大きく律動をくり返す。

「ああ……やめて……」

倒れた由紀香が顔だけをこちらに向けている。乱れた髪が顔を覆って、隙間から瞳がのぞいていた。やたらと輝いて見えるのは、涙を滲ませているせいなのか。

「これなら……ふふっ、もう大丈夫ね」

奈南はそう呟くと、ゆらりと身体を起こす。空いていた手をスカートの中に差し入れると、もぞもぞと下半身を揺らしはじめた。

「ナナちゃん……っ、ダメだって！　姉さんの前でそんなことっ」

「なにを言ってるのっ。由紀香の前だからだよ」

スカートから白い薄布が抜き取られた。続けて、スカートの留め具をはずして滑り落とす。張りを湛えた滑らかな脚線とふわりと盛りあがった恥丘、そこに滲んだ淡い繊毛が姿を現した。淫華はとろみをまとって、すでに口を開けている。

「さぁ、由紀香、しっかりと見てなさい。私が友くんとどれだけ深い関係なのか、お互いにどれだけ求め合っているのか、しっかりと見ればいいわっ」

腰を跨いだ奈南が逆手で肉棒を摑み、ゆっくりと腰を下ろしてきた。

「ナナちゃん！　お願いだからやめてくれ！　ダメだってば！」

必死に友幸は下半身をバタつかせる。しかし、奈南は両脚でしっかりと腰を固定した。華奢な身体のどこにそんな力があるのか、友幸は愕然とする。

「おち×ちんは入りたがってくるくせに……あ、ああっ……先っぽがくっついて……うううぅん！」

ぷちゅぷちゅと淫らな粘着音が響いてきた。肉棒に圧倒的な喜悦が襲ってくる。

「いやぁっ……いやぁ！」

由紀香が悲痛な絶叫を響かせた。シーツをギュッと握って、狂ったように頭を振り乱している。

「あ、ぁ……ほら、全部入っちゃった……ふふっ、前戯してないからちょっと痛いけど、すぐに慣れると思うよ。だって、私のオマ×コは、すっかり友くんの形になってる……からっ」

股間を押し出し前後に揺する。ゴリッと亀頭に子宮口が擦りつけられた。ピンクの衝撃に、友幸は堪らず呻きを漏らす。

前戯なしの唐突な挿入ゆえに、膣膜の締めつけは強烈だ。寸分の隙間もなく淫膜は吸着し、うねりが愉悦となって襲ってくる。

(こんな状況なのに……っ。なんでだよっ。なんで俺は感じてるんだ!)

自分の浅ましさが腹立たしい。由紀香が目の前で泣き叫んでいるというのに、喜悦の波は友幸の本能を確実に蝕んでくる。

「あははっ。中でビクビクしてるのがわかるよ……ほら、繋がってるとこ、もうこんなにグショグショになってる……ああっ、気持ちよくて、腰が止まらないぃ」

汗を浮かべながら卑猥な声を響かせている。真っ赤に火照った奈南の顔は、淫靡さの中に狂気をはらんでいた。

「ほら、由紀香っ、見なさいよ。大切な友くんのおち×ちん、私の中に全部入ってる。中がいっぱい押しひろげられて……狂おしいほどに気持ちいいの。まだ入れてない由紀香にはわからないよね、ふふっ」

勝ち誇るように言う奈南は、由紀香へのさらなる追い打ちのつもりか、腰の動きを激しくさせた。前後に動くだけでなく、股間を上下に弾ませる。淫膜からはとめどなく愛液が漏れつづけ、グチュグチュと卑猥な音を立てながら攪拌されては飛散する。

(ううっ……ナナちゃん、やめてくれっ。このままだと……もうっ)

異常きわまる状況だというのに、本能の滾りは抑えられない。股間の奥底では白濁の欲望が噴き出そうになっている。

由紀香の目の前で膣内射精など、絶対にしてはならない。友幸は歯を食いしばって射精衝動を必死に抑える。

「友くん、我慢しなくていいんだよ。いつも私のいちばん奥でいっぱい出してくれてるじゃない。だからね……っ、私、欲しいのっ。友くんの精子を中で感じられないと、私、満足できないんだからぁ！」

奈南が苛烈に股間を打ちつける。濡れた肉と肉がぶつかり合って、湿った打擲音が鳴り響く。

「ぐぅ、ぅっ……や、やめ……っ、あぁぁ！」

「やめないっ、絶対にやめないっ。由紀香に見せつけるのっ。私が……友くんとの赤ちゃん作るところ見せるんだからぁ！」

奈南の叫びに友幸はギョッとした。セックスの究極目的に血の気が引く。

中学生と高校生とはいえ、身体はしっかりと大人に近づいている。精通と初潮をすませている以上、健康体の男女が交われば、行き着く先はそこしかない。

「抜いてくれ、ナナちゃんっ。俺は妊娠なんかさせたくないっ」

額を濡らす汗は、牡欲の沸騰だけのものではなかった。最悪の展開への恐怖と焦りが友幸の精神を掻き乱す。

「いいかげんにして！　友幸から離れなさいよ！　友幸を苦しめないでっ。汚さないで！」

由紀香がタックルするように奈南にしがみつく。誰もが見蕩れる美貌は、涙や鼻水でぐしゃぐしゃだ。

「うるさい！　私から友くんを奪おうとしたってもう無理なんだからねっ。由紀香、邪魔なのよ！」

「邪魔してやるっ。徹底的に邪魔してやるんだから！　友幸は絶対にわたさない！」

本性を剝き出しにした激しい攻防だった。互いが互いを摑み合い、なんとかして自分から引き剝がそうともがいている。正直、見ていられなかった。

「待ってっ。やめてくれ！　ナナちゃんも姉さんも話し合おう。だから、いったん抜いて……うあ、あっ」

友幸の懇願は、奈南の腰に動きに阻まれる。奈南のグラインドがより大きく激しくなった。乱暴なほどに膣奥が擦れて、媚肉の圧迫も強さを増してしまう。

「こんのぉ！」

奈南はしがみつく由紀香を力任せにねじ伏せた。ガタンと大きな音を立てて、由紀香は床に倒れる。

「あんたはもう親友でも幼なじみでもなんでもない！　私の彼氏を寝取ろうとする薄汚い女。弟とセックスしようとしてる異常者よ！」

散らばった長い黒髪が奈南によって掴まれる。強引にひっぱりあげられた由紀香の顔は、苦痛とやるせなさに歪んでいた。

頭部が着地したのは、まさかの友幸の腹部の上だ。顔は結合部を向いている。それも、目と鼻の先という極端なまでの至近距離だった。

「そこで見てなさい。もうすぐ……んあっ、私が全部受け取るんだから……っ」

上になった側頭部を押さえつけ、奈南が腰を振り乱す。蜜壺すべてで肉棒を乱暴なまでに責め立ててきた。

(ヤバいっ、ヤバい！　もうイッちゃうっ、出るぅ！)

ギリギリと奥歯を噛みしめた。肉棒が破裂せんばかりに膨張しているのが自分でもわかる。沸騰する白濁液が、猛烈な勢いで渦巻いていた。

「出して！　イッてぇ！　私のオマ×コ、精液まみれにしてぇ！」

「いやぁ！　やめてぇ！　こんなのイヤっ、絶対イヤぁ！」

歓喜と絶望の叫びが木霊する。

射精欲求の限界と姉を想う気持ちがせめぎ合う。なんとか射精を堪らえようと下腹部の筋肉に力を入れるも、奈南の蜜壺は暴力的な快楽を与えてきた。理性と本能の激突は——本能が勝ってしまう。

「うあ、ぁっ……もう無理っ。姉さん、見ないでっ。見ないでくれ！」

「いやっ、いやだぁっ。ああっ、やめてぇ！」

悲痛な叫びを姉弟で響かせた。

(最悪だっ。どうしてこんなことになるんだっ。いくらなんでもひどすぎるっ)

姉を愛してしまった罰なのだろうか。だとしたら、この世界はあまりにも残酷だ。

「友くんっ、言ってっ。誰が好きなの。誰といっしょにいたいのっ。はっきりと言ってぇ！」

ブラウスまで汗に濡らしながら、奈南が叫ぶように尋ねてくる。肉棒に伝わる媚肉の蠢きは苛烈すぎて、もはや取り繕う余裕などない。言えるのは、決して言うまいと思っていた本心のみだった。

「姉さんっ。姉さんだよ！　俺は姉さんが好きなんだっ。姉さんが好きで好きでたまんないんだ！」

叫んだあとでハッとした。望んではいけない、口にしてはいけないと誓っていた言葉に愕然とする。

慟哭《どうこく》のただ中にいた由紀香が奈南の押さえつけから逃れてこちらを見ている。宝石のように美しい大きな瞳が、驚愕に見開かれていた。

その奥で腰を振る奈南の表情を、友幸は見逃さなかった。悲しみと諦めが混ざったような悲痛な面持ちが、一瞬だけ浮かびあがった。

しかし、彼女はギュッと目を閉じると、渾身の力で膣奥を擦りつけてきた。ググッと子宮口が押しつけられて、自ら媚膜を抉ってくる。強烈な悦楽に、牡欲の堰《せき》は完全に決壊した。

「あ、ああっ……出る……ぐうぅ！」

女二人の重さをものともせずに、腰が大きく跳ねあがる。締めつけてくる膣膜が、しっかりと肉棒を挟んでうねっていた。

「あ、ああっ……出てる……いっぱい来てる……んふ、っ……」

胸を反らして奈南が震えた。瞳も唇も力いっぱいに閉じている。その姿は、ある種の痛々しさが感じられ、射精に惚《ほう》ける友幸の胸を締めつけた。

3

膣内に噴きあがる白濁液の感触を、奈南はしっかりと記憶しようとしていた。

（これが最後……私の中に友くんが入ってくることはもうない……）

肉棒の硬さも形も、脈動もすべてをしっかり刻みこむ。思い出にすがるつもりはないが、友幸との情交は永遠に忘れたくはない。

（やっぱり無理だった……わかってたよ、私じゃ友くんを本当に満たせないってことくらい……）

射精と同時に果てた奈南は、ぼんやりした視界で由紀香を見る。彼女は自分に後頭部を向けながら、カタカタと震えていた。

恐怖や絶望などの負の感情によるものではない。至上の幸福に理解が追いついていないのだと、同じ女としてすぐに悟った。

「由紀香……」

鎮まらぬ吐息を交えつつ、そっと彼女の名前を呼んでみる。黒髪をやさしく撫でた。

いつもはしっとりしてて指どおりが滑らかなのに、今日は見た目どおりにぱさついている。隠していた良心がズキリと痛んだ。

「………」

由紀香がゆっくりとこちらを向いた。涙に濡れた目もとは朝よりも腫れぼったい。それでも瞳は清流を思わせるほどに美しかった。

「おめでとう……ようやく気持ちが通じ合ったね」

（長年、いっしょに過ごしてきたから私にはわかる。こんな女の子に、私なんかが敵うはずないって……）

自分で自分が不思議だった。あれだけ嫉妬や怒りが自分を支配していたはずなのに、奈南の心は穏やかなものになっていた。

（友くんのおかげなのかな。しっかりと由紀香を選んだから、私もケリをつけられたのかも）

友幸を失いたくないという女としての想いと、由紀香への嫉妬、そして、自分が由紀香に負けるであろうという予感が常にせめぎ合っていた。そのおおもとである友幸が、自分の手から滑り落ちてしまったのだ。意地を張る必要などもはやない。

「奈南……」

きょとんとした顔で由紀香が呟く。奈南はなおもやさしく彼女の頭を撫でて、まるで幼子に言い聞かせるように言葉を紡いだ。

「友くんの本当の気持ち、私はとっくにわかってた。友くんはやさしいから、私の必死さに応えようとしてくれてたんだと思う。でもね、それで友くんと由紀香がめちゃくちゃ苦しんでるってこともわかってて……なのに、私はやっぱり友くんのこと、諦められなくて……由紀香には敵わないってわかってたのに、それでもなんとか対抗したくて……」

気づくと奈南は泣いていた。大粒の涙が止めどなく頬を伝って滴り落ちる。なにに泣いているのか自分でもわからない。友幸にフラれたことなのか、予想どおりに由紀香に敵わなかったことなのか、大切だったはずの由紀香をボロボロになるほど傷つけた自身の愚かで醜いことなのか。おそらく、そのすべてなのだろう。

「奈南……いいんだよ……」

由紀香が手を取り、ゆっくりと起きあがる。泣き腫らしたすんだ瞳が自分を見つめる。そこにあったのは、聖母のような慈愛だった。

(由紀香、そんな目で私を……っ)

そう思ったときには、抱きしめられていた。乱れた黒髪から漂うのは、いつもの由紀香の甘い香りだ。血が通っているわけでもないのに、奈南にはこれ以上ないほどの安らぎの芳香だった。

「自分を責めないで……そこまで友幸を愛してくれたこと、姉としてすごくうれしい。友幸にとっても、すごく幸せなことなんだから……」

耳もとで囁く声は、徐々に嗚咽が混じりはじめる。ついには、完全な涙声となってしまった。

「悪いのは私……全部私が悪い。奈南が言うとおり、私は自分の気持ちを抑えられなくて友幸を寝取ろうとした……実の弟に恋して、奪おうとして……本当に奪ってしまった……薄汚くて醜くて狂ってる……卑しい女なの……」

嗚咽がさらに激しくなる。ヒックヒックとしゃくりあげ、温かい涙が肩を濡らしていた。

由紀香がゆっくりと身体を離す。グショグショの顔を拭うこともせず、しっかりと奈南を見つめていた。

「私は自分のエゴのために、奈南を傷つけてしまった。子供の頃からいっしょにいて、誰よりも大切な人だったはずなのに……だから、私を好きなようにして。引っぱたいても、グーで殴っても、蹴り飛ばしてもいい。学校中に私の本当の姿を吹聴《ふいちょう》して、孤立させたって構わないよ。それで奈南の気持ちが晴れるなら、本当に好きにしていいから……」

宝石を思わせる瞳から、清水のような涙が流れている。浮かべている微笑みは、彼女自身への嘲笑だった。

だから、奈南は彼女の目もとに手を伸ばす。指の背で溢れる涙を拭ってやった。その指で、白雪のような頬にそっと触れる。

「バカじゃないの……そんなこと、できるわけないじゃん……罰を受けるべきなのは私のほうなんだから……」

由紀香は両手で手を取ると、ふるふると頭を振った。静かに肩を震わせて泣きつづけている。

「ねぇ、もういいよ。私たちにこんな湿っぽいの、似合わないでしょ」

そう言ってから、友幸のほうに視線を向ける。

なにが起きているのかわからないのだろう、彼はぽかんと口を開けて見つめていた。

「……これからすることを許してね。私なりの……ケジメのつけかただから……」

そう言ってから奈南は、友幸を拘束していた手錠をはずした。続いて、彼の顔を真下にしてじっと見つめる。

「友くん、ごめんね、ひどいことにつき合わせて……でも、私が友くんを好きなのは本当だよ。正直、今でも狂おしいほどに好き……」

友幸の両頬に手のひらを添える。今度ばかりは友幸も拒絶するようなそぶりは見せなかった。射精の余韻で揺れる瞳に、思わず胸が熱くなる。

（友くん……）

幼少時から今さっきまでの、あらゆる記憶が螺旋《らせん》となって思い出された。だが、それもこれで終わりである。

奈南は静かに口づけをした。少しカサついた彼の唇の感触が、奈南にせつなさを生み出す。続けて、ゆっくりと舌を滑りこませていく。温かい口内の粘膜がからみつき、奈南の背すじを甘く震わせる。

激しさのない、ゆっくりとしたキスだった。唇と舌から伝わる温かさとやわらかさ、そしてこみあげる心地よさが愛おしい。やはり、自分はこの少年を心の底から愛しているのだ。

「んっ……んちゅ。ふふっ……ありがとうね」

二人の間に銀色の糸が引かれ、やがて音もなく消え去った。

友幸はなにも言わない。しかし、その顔にはなんとも言えない寂しさのようなものが滲んでいた。

（そんな顔しないで。私の決意がブレちゃいそうになる……）

奈南は友幸から視線をはずすと、ゆっくりと肉棒を抜き取った。

硬さを失ったペニスは、白濁と女蜜に塗れている。むわりと濃厚な淫臭を漂わせていた。

「せめて最後に……きれいにさせてね」

奈南はそう呟くと、ゆっくりと分身を呑みこんでいく。舌をからめて淫液をこそぎ、唾液と混ぜて嚥下した。

「う、ぅ……あ、ぁっ……」

友幸が甘い呻きを漏らしている。やわらかかった陰茎が、口内で威容を取り戻してきた。

（また勃起してる……私で大きくしてくれるの、やっぱりうれしい……）

いつもは彼を見あげながら、見せつけるように下品に卑猥に舐めまわしていた。

しかし、このフェラチオは奈南の禊《みそぎ》としてである。染みこませてしまった自分のエキスを取り除いてやるためのもの。奈南はしごく丁寧に舌を這わせて、汚れのすべてを拭ってやった。

「ねぇ、友くん、一つだけ聞いていいかな」

唇に付着した淫液を舐め取りながら奈南が聞くと、友幸は瞳で応える。

「由紀香とまだしてないって本当なの？」

「えっ」

友幸だけでなく、由紀香も素っ頓狂な声をあげた。

それがなんだかおもしろくて、思わずふふっと笑ってしまう。

「その様子じゃ本当みたいね。ねぇ、どうしてしてなかったの？」

「え、えっと……だって、俺はナナちゃんとつき合ってたし、それに……やっぱり姉弟だから」

「姉弟だからセックスできないってこと？　それじゃあ私、別れ損だよ」

奈南はそう言ってから、由紀香のほうへと顔を向ける。

「ねぇ、由紀香、あなたたちは晴れて恋人同士だよ。二人の中では姉弟である以上に優先されることじゃないの？」

「ま、まぁ……そうだけど……」

泣きやんだ顔はすっかり羞恥で赤くなっていた。もとの肌が真っ白なだけに、その赤みはやたらと鮮やかだ。

「じゃあさ……」

奈南はニヤリとすると、由紀香のうしろに移動してしっかりと抱きすくめる。そして一つゆっくり息を吐くと、努めてやさしく、同時に妖艶さをたっぷり滲ませた声で囁いた。

「もうしちゃいなよ、友くんと。このままここで、恋人セックスしちゃえばいい」

由紀香の耳がピクリと震えた。続けて、驚いた顔でこちらを見る。

「そ、そんな……今ここでなんて……っ」

「だって、由紀香はセックスできる状況だったのにしてこなかったわけでしょう。恥ずかしいのか理性が残っているのかは知らないけれど、恋人同士がセックスするのは当然じゃないの……」

「い、いやっ……あ、ぅ……っ」

スカートから伸びている白い脚に手を添える。そのままスっと滑らせた。

「ふふっ……恥ずかしがってる。かわいいんだぁ……」

美しい脚線は、なんの抵抗もなく手のひらを滑らせる。細すぎず太すぎず、ほどよく引きしまった両脚は、ときおりビクンと小さく弾んでいた。恥ずかしさから逃げるように、ギュッと目を瞑《つぶ》った両目は長い睫毛《まつげ》が止まることなく震えている。

「怖がらなくていいんだよ。大丈夫。友くんはやさしいからしっかりとリードしてくれる。私がちゃんとサポートするしね……」

撫でまわしていた手で内ももをなぞってから、スルスルとスカートの中へと忍ばせていく。

由紀香の震えが如実になった。しかし、彼女は手を退けようとはせず、それどころか微かに両脚を開いてしまっていた。

スカート内の熱気が指にからみついてくる。同じ女を相手にして、奈南は妙な高揚を感じていた。

(由紀香が喘ぎ乱れる姿を見てみたい)

友幸に視線を向けると、彼はまたしてもぽかんと口を開けている。しかし、剝き出しの股間では、剛直となった肉槍が幾すじもの血管を浮かびあがらせて肥大していた。禍々しいほどに反り返り、ときおり根元から大きくして脈動している。

(これは私の罰……償いなの。由紀香を正真正銘の女に誘ってあげる。私が本当はいたかったポジションに、私自身が由紀香を連れていってあげるからね……)

指先がショーツの布地に軽く触れた。そのままつつっと恥丘へ移動して、急な落ちこみへと滑り落とす。

「あひっ。う、ううっ……あ、ぁ!」

甲高い嬌声が狭い室内に響きわたった。由紀香の身体が鋭く弾む。

もう片方の腕で彼女をしっかり抱きしめた。

「由紀香に、友くんとの幸せで気持ちいい世界を教えてあげる……」

奈南はそう呟くと、ショーツの中へと指を滑りこませた。


とつぜんはじまった二人の淫戯に、友幸は呆気にとられるしかなかった。

それでも、自身の劣情だけは素直なもので、奈南への膣内射精時と同じかそれ以上の勃起を見せている。

(ナナちゃんが姉さんの中を……ああっ、クチュクチュって音がすごい……っ)

音の鳴る場所はスカートに隠れて見えてはいない。それでも、友幸の脳裏にはすっかり記憶された由紀香の淫華が浮かびあがっていた。

(きっとめちゃくちゃ濡れているんだ……たぶん、姉さんはまわりまでたっぷり濡らしてる……っ)

卑猥な光景を妄想して、思わず肉棒が跳ねあがる。

それを見た奈南が苦笑した。

「もう……私のときよりギンギンじゃん。身体も由紀香のほうがいいってわけね。なんだか妬《や》けちゃうなぁ……」

甘い声を漏らして悶える由紀香も、濡れた瞳で勃起を見ていた。かわいいというよりは美人な顔に、情欲の色が濃さを増す。

「ふふっ。感じてる由紀香、とってもかわいいよ。ほら、友くんなんか目が釘づけになってる」

「いやぁ……恥ずかしいから見ないでぇ……」

羞恥に身を捩るも、こみあげる愉悦には抗えないのか動きは緩慢だ。結果、抱きすくめる奈南にしっかりと固定されてしまう。

(ナナちゃんと姉さんが……女同士でエロいことを……)

勃起が何度も激しい脈動をくり返していた。ぽっかり開いた鈴口からは先走りの粘液が溢れ出て、裏スジにそってゆっくりと流れていく。

「ダメでしょ、そんなこと言ったら。これからもっとすごいことするんだから……ほら、由紀香のエッチなオマ×コ、友くんに見せてあげようね……」

奈南はそう言うと、由紀香のスカートを捲りあげる。真っ白で少しだけレースの装飾が施されたショーツが露になった。

いわゆるM字開脚の姿勢ゆえ、陰唇は友幸を向いている。それを覆うクロッチ部分はたっぷりの粘液で濃い染みを作っていた。

「ねぇ、友くん、友くんが脱がしてあげて。由紀香のオマ×コ、私の指にすごく吸いついてる。私がしっかり解しておくから……」

そう言って、奈南はクチュクチュと淫華の弄りを徐々に激しいものへとしていった。

「ああっ、あっ……ダメぇ……っ。弄られてるの見ちゃイヤぁ……」

由紀香の吐息が熱さを増している。奈南に頭を預けて露出する首すじは、ヒクヒクと震えていた。

(姉さんのオマ×コ……トロトロのオマ×コ、早く見たい……っ)

いつの間にか友幸の吐息も荒くなっていた。逸《はや》る気持ちを抑えつつ、ショーツのゴムに指を引っかける。

肌理の細かい白肌を薄布が舐めるように滑っていく。露になった薄い繊毛がねっとりした淫液に濡れていた。ピッタリと張りついたクロッチをゆっくりと引き剝がす。

「んっ、んんぁ……いやぁ、見ないでぇ……っ」

由紀香が股間に手をかざす。しかし、すぐに奈南に手を取られて退けられた。

ついに姿を現した淫華の姿に、友幸は息を吞む。

(す、すごい……っ。本当にトロトロのグショグショだ……っ)

淫裂は極端なまでに潤っていた。大量の女蜜が陰唇はもちろん、その周囲までをも覆っている。愛撫をくり返す奈南の指は、すでに粘液に塗れていた。

「うわ、すごいね。由紀香ってば、きれいな顔してこんなにエッチだったんだ……」

股間をのぞきこんで奈南が呟く。彼女の顔も、すっかり発情してしまっていた。

「言わないでっ。ああっ……二人してそんなに見ちゃイヤ……はぁ、あんっ」

恥ずかしさに首を振る由紀香が、甲高い嬌声を響かせる。奈南がふくれた陰核を撫でまわしたからだった。

「クリトリスも露出させちゃって……パンパンにふくれてコリコリしてる」

陰核を責められるごとに、満開の淫華からはグチュグチュと音がする。奈南の淫戯だけのものではない。収縮する膣膜が自ら奏でるものでもあった。

(ああっ……中からエッチな液がいっぱい出てくる。まだまだ濡れていく……っ)

収縮するごとに愛液が漏れ出ていた。周囲をさらに濡らして、雫となったものはゆっくりと菊門へと垂れていく。よくよく見ると、女膜どころか窄まりまでもが収縮していた。

「姉さん……俺、見ているだけじゃ堪らないよ……っ」

本能が友幸を動かした。蕩けた媚肉に吸いよせられるように、そっと指を伸ばしてしまう。

クチュと粘着音が立った刹那、蜜膜が吸いついた。軽く押してみるだけで、簡単に中へと入ってしまう。

「ううっ、ぁん！　中、弄っちゃ……あ、あぁっ」

由紀香の腰がビクビクと弾んでしまう。その間にも指は中へと埋没し、待ち焦がれていたとばかりに淫膜がからみつく。

「いっしょに弄っちゃおう。二人で由紀香をたっぷりと気持ちよくさせるの。私はクリを弄るから、友くんは中を掻きまわしてあげて」

奈南の卑猥な提案に、無意識で頷いた。二人で同時に淫膜全体に愛撫を施す。

「ひっ、ひあぁ！　ダメっ、ダメぇ……っ。二人いっしょなんて……あぁっ、感じすぎちゃうっ、おかしくなっちゃう！」

身体を反らして由紀香が叫ぶ。開いた白い脚がブルブルと震えていた。膣膜の締めつけは、不規則に強弱をくり返している。

「そうなの。好きな人とするエッチっていうのは、おかしくなっちゃうもんなんだよ。だから、由紀香もいっぱいおかしくなって。いっぱいエッチな声、響かせて」

奈南が陰核を弄る手をさらに複雑なものへと変化させる。撫でるだけでなく揉みこんで、指の腹で軽く潰した。さらには軽く摘まんで転がしたりもする。

「あっ、あひっん、奈南っ、ダメぇっ。ああっ、あはぁ、あ！」

快楽に打ち震える由紀香が、弾みで股間を突き出してくる。ドプリと女蜜が溢れ出て、卑猥としか言いようのない濃厚な匂いが立ちこめた。

「姉さん、もっと乱れて。俺、姉さんが感じまくる姿が見たいんだっ」

淫膜をさらにかき混ぜる。グチュグチュと音が響くように弄りまわし、蕩けつつも弾力に富む媚膜を揉みこんだ。

「ひゃうんっ。あ、あぐっ……友幸もダメぇぇえっ。気持ちいいとこばっかり弄らないでぇ！　あ、ああっ、ああ！」

Ｇスポットと思われる場所を押しあげれば、由紀香は甲高い悲鳴をあげる。

もはや愛液は漏れ出るというよりは、噴き出るという状態だ。友幸の手は淫蜜でぐっしょりとなり、由紀香の真下のカーペットには、大きな染みが描かれている。

「いっぱい汗かいちゃってるね。暑いだろうから脱がせてあげる……」

奈南はクリトリスから手を引くと、ブラウスのボタンに手をかけた。すばやくすべてをはずして開けさせる。

陶器のように白くて美しい胴体がさらけ出され、友幸は目を引きよせられた。引きしまったウエストと、そこから滑らかにひろがる腰への曲線が堪らない。

(何度見ても本当に魅力的で……もう、反則級にきれいすぎるよっ)

発情の昂りに、由紀香の腹部は激しく前後に脈動していた。その生々しい様相に、勃起はもはやはちきれそうだ。

「いやっ、奈南っ。そこは脱がさなくていい……っ」

由紀香が抵抗して身を捩る。

何ごとかと思って視線をあげると、奈南の手のひらがブラジャーのカップに添えられていた。

「オマ×コさらしてるのにおっぱいは隠す、なんておかしいでしょ。ふふっ、友くんから手を引いてやった対価だよ。えいっ」

奈南が両手でブラジャーを摑んで上へとずらした。瞬間、ブルンと音を立てるかのごとく、勢いよくたわわな乳房がまろび出る。

「うわ、本当に大きい。しかもきれい……由紀香の身体、きれいでエロくて……ずるいでしょ」

奈南は肩口から巨乳をのぞきこんで、感嘆する。見事な釣鐘形を描いた豊乳は、瑞々しい素肌を張りつめさせていた。

友幸はその乳房のやわらかさと弾力を知っている。だからこそ、我慢できなかった。鼻息を荒くして、揺れる白球に手を伸ばす。

「んひっ……あ〰はぁ！」

友幸の手が乳房を摑むと、由紀香は身体を跳ねあげた。汗に濡れた乳肌が手のひらに吸いついてくる。指を包む乳肉は、期待したどおりの感触だった。

「姉さんっ、たまんないよっ。なんでこんなにおっぱいもオマ×コも全部が全部、魅力的なんだよっ」

興奮に身を任せて乳房を揉みこむ。揉めば素直に乳肉はやわらかく変形し、すぐに富んだ弾力で反発してくる。乳首はガチガチにふくれあがり、周囲の乳輪までもが微かな盛りあがりを見せていた。

滾る牡の本能に、友幸はもはや自制が利かない。考えるより先に乳首にしゃぶりついていた。

「ひあ、あぁ！　あぁっ……んあ、あああ！」

由紀香が絶叫を響かせた。

気づくと、奈南がもう一方の乳房に手を乗せていた。下乳から掬い取るように揉みながら、指の腹で乳首を転がしている。

「ああ……由紀香のおっぱい、すごくいい……やわらかいのにパンパンで……乳首もこんなにとがらせて、とってもエッチ……」

さらには再び陰核を責め立てる。

由紀香の身体が大きく弾んだ。膣内と陰核、そして左右の乳房と乳首の同時愛撫に、狂ったような牝鳴きを響かせる。

「ひいっ、ひああ、あぁ！　ダメっ、ダメぇえ！　おかしくなるっ、狂っちゃうっ、ホントに狂っちゃうぅ！」

「狂っていいんだよっ。我慢なんかせずに、とことんかわいく気持ちよくなればいいんだよ。全部、友くんが受け止めてくれるから。由紀香の気持ちよさ、全部さらけ出してっ」

由紀香の身体に強張りが生じはじめる。脚も腹筋も首すじも、すべてがビクビクと戦慄いていた。続けて、全身がガタガタと震えはじめる。

「あっ、ああっ、あぁ！　イッくっ、イッちゃう……っ。来ちゃうのっ。すごいの来ちゃうぅ！」

滝のような汗が白い肌に浮かんでいた。もはや羞恥に構う余裕はないのだろう、M字開脚で股間を突き出し、頭を預けた奈南の肩を支点にブリッジのような姿勢になる。

おとがいを大きく反らし、濡れ輝く首すじには血管が浮かんでいた。

「姉さん、イッてっ。思いっきりイクとこ見せて！」

由紀香の膣壁の特に敏感な部分をピンポイントで刺激する。そのままグリグリと押しこんだ。

「ひっ……」

由紀香が双眸を大きく見開く。ドクンと白い身体が飛び跳ねた。ギリリと膣口が指を力いっぱいに咥えこむ。

「イッ……イクっ……あ、あっ、ひぃぃ──っ」

声すら出せずに硬直した。細い身体が折れそうなくらいに大きくしなる。

その姿勢でカタカタと何度も震えた。濡れた肌から汗の雫が飛び散り、周囲にいくつもの染みを描いてしまう。

「すごい……こんなにすごいイキかたするなんて……」

さすがに予想外だったのか、奈南は驚きで口を開けていた。しかし、由紀香の卑猥さにあてられたのか、くり返す吐息は激しくてとても熱い。

（ヤバい……っ。もう我慢できない……っ）

剛直の肥大は凄まじい。限界までに膨張しても血流の集中は止まらなかった。力強い脈動が、途切れることなく続いている。

「姉さんっ、ごめんっ。もう耐えられない……っ」

直角近くまで反り返った勃起を摑んで、由紀香の淫華に狙いを定める。収縮をくり返していた女膜が、涎を零して肉棒を誘っている。

「まっ、待って……っ。今はダメ……っ。私、イッたばかりなの……今、入れられたら私……い、いいいぃ！」

由紀香が言い終えるより先に、亀頭を陰唇に押しこんだ。プチュっと淫液が弾けて、グシュグシュの股間が跳ねあがる。

「ううっ……きつい……ああっ、すごい……っ」

メリメリと肉槍が膣洞を掘削していき、凄絶な愉悦に背すじが震える。蕩けた媚肉は、強烈な力で肉棒を締めつけてきた。

(姉さんと……ついに姉さんと繋がった。俺は今、姉さんとセックスしてるんだっ)

長年憧れ、恋い焦がれていた実の姉と、ついに一線を超えたのだ。その感動が牡欲へと転化して沸騰する。

「ああっ……ホントに入ってる……っ。ぐぅっ……うぅっ……」

由紀香は汗まみれの顔を歪めながら、煌《きら》めく瞳で結合をのぞいていた。抱きすくめている奈南の腕に、爪を立てながら必死にしがみついている。

「痛いだろうけど我慢して。好きなだけしがみついていいから」

奈南のやさしい言葉に由紀香はコクコクと頷く。

「友くん、一気にいってあげて。一気のほうが楽だと思うから」

「……わかったよ」

由紀香は歯を食いしばって耐えていた。良心が痛んでしまうが、友幸の欲望も耐えられない。

震える腰をしっかり摑む。少しでも痛まぬように、角度を調整した。

「姉さん……いくよ？」

友幸が告げるも、由紀香はギュッと目を瞑ってカタカタと震えるだけだった。それが拒絶の意味ではないと悟った瞬間、力をこめて肉棒を突き入れる。

「ひぎい、ぃ！　あ、あっ……あ、ぐぅ……んっ」

ブチンとなにかを突き破る感覚のあと、強烈な締めつけが襲ってくる。堪らず「うぅ」と呻きが漏れた。

「うぐっ……う、ぅ……かはっ……」

想像以上の衝撃と痛みなのであろう。由紀香は顔を天井に向けながら、目を白黒させている。

（血が出てる……嘘じゃなかったんだ……）

深々と突き刺さった肉棒に、赤みが滲むようにひろがった。由紀香を自分が女にした事実に、胸中が熱くなる。

「おめでとう、由紀香。友くんに処女をあげられたね……」

聖母のようなやさしさを湛えて奈南が呟く。抱きすくめていた腕をキュッと締めた。由紀香には、それに返事をする余裕はない。ウンウンと首で何度か頷くだけで、カタカタと身体を震わせている。

（姉さん、大丈夫かな……一回抜いて休ませたほうがいいんじゃ……）

愛する女の苦しむ姿にいたたまれなくなる。最奥部まで貫いていた肉棒を、ゆっくりと引いてしまう。

が、由紀香は腕を伸ばして友幸を摑んでくる。ハッとして彼女を見ると、涙を湛えた瞳と交差した。

「ダ、メ……っ。抜いちゃ……うぅ……ずっと……あ、ぁ……奥にいて……」

ホロリと涙が一つ頬を伝った。

痛みを堪えて挿入を懇願する様に、狂おしいほどの愛おしさがこみあげる。望みどおりに肉棒をねじこんだ。

「うぅんっ……奥に、いっぱい来て……あがぁ！」

由紀香が目を見開いて絶叫を迸《ほとばし》る。

ただでさえ窮屈な膣内で、強烈に子宮口が擦れてきた。奈南が由紀香の腰を掴んで押している。

「押しつづけていてあげる。今は痛いだろうけど、慣れたらすぐに気持ちよくなれるよ。子宮の入口あたりで感じるようになるとね、気持ちいいだけじゃなくて、めちゃくちゃ幸せな気持ちになれるんだよ……」

「そ、そうなの……？　わ、私……今でも……幸せすぎて……うぅ……怖いくらいなのに……」

「ふふっ、そんなもんじゃないよ。奥で感じてイケるようになったら……きっと今より友くんのこと好きになっちゃうよ」

「そんな……あぁ……そんなの素敵ぃ……」

その言葉が嘘ではないことを表すかのように、蜜壺がきゅうきゅうと断続的に締めつけてくる。つらそうだった顔には、期待への微笑みが浮かんでいた。

（どこまでかわいいんだよ、姉さんは……っ。うう……入れてるだけで堪らなくなる

（……気を抜くと射精しそうだ……っ）

ふつふつと射精欲求が湧いていた。膣膜の圧迫に勃起は脈動で呼応する。そのたびに媚肉と甘くからまって、堪らぬ官能が全身にひろがっていた。きっと、由紀香の膣内は、愛液とともに友幸のカウパー腺液が大量に混じり合っていることであろう。

ピッタリと互いの性器を密着させながら、熱い吐息を漏らし合う。室内の空気は愛欲まじりの熱気が立ちこめて、息を吸うだけで酔いそうだった。おそらく、由紀香も同じであろう。

（……もしかして、もう慣れたのかな。姉さんの様子がだいぶ落ち着いてきた）

しばらくすると、由紀香の顔から苦悶が消えていた。かわりに、恍惚とした表情が浮かんでいる。

試しにグッと腰を押し出してみる。

「ひぃん！　あ、あぁっ……えっ、嘘……っ」

甘い叫びを響かせてから、由紀香は信じられないといった顔をして、パチパチと瞬きをくり返す。

「ふふっ……だから言ったでしょ」

察した奈南が、今いちど腰を押し出させた。

「あぐっ。んあ、ぁ……どうして……さっきまであんなに痛かったのに……ぃ」

「思った以上に早く馴染んだのね。そんなかわいい声で気持ちよさそうにして……」

腰を摑み直すと、奈南はゆっくりと前後に揺らす。ぷちゅぷちゅと卑猥な水音とともに、由紀香の嬌声が響きわたった。

「あ、ああっ……痛かったのにっ、めちゃくちゃ痛かったのにぃ……なんで、なんでこんなに気持ちいいのぉ……っ」

（やっぱり。もう感じてる。姉さんが膣内で、俺とのセックスで感じてくれているだなんて……っ）

夢にまで見た事実に、天にも昇るようだ。由紀香が自分に処女を捧げてくれただけでなく、自分との情交で悦楽を感じてくれている。

「姉さん、気持ちいいんだね。俺も入れたときからずっと気持ちよくて……うぅっ、もう抑えられない……っ」

今までの人生で感じたことのない多幸感に襲われる。由紀香の同意を得る余裕などなかった。滾りつづけていた牡欲の赴くままに、勃起を膣奥めがけてピストンさせる。

「んぐっ、うぅ！　はぁ、ぁっ……ああんっ。奥がっ……ああっ、すごいのっ、気持ちいいのぉ！」

由紀香はカーペットを握りしめて快楽を叫ぶ。喜悦に白い身体が跳ねて、豊乳がブルンと弾む。その姿は、紛れもなく挿入の喜悦を知った女のものだ。

(いっぱい感じてほしい。俺で……俺のチ×コで姉さんを気持ちよくさせるんだっ。俺がどれだけ姉さんを好きか、身体でしっかりと知ってほしいっ)

息を弾ませて腰をくり出す。もはや、姉弟であることなどどうでもいい。本能が由紀香を女として求めていた。


湧きあがる圧倒的な淫悦に、由紀香は驚愕していた。想像していた悦楽をはるかに上まわっている。脳内は痺れ、四肢の先まで喜悦に震えた。

(気持ちいいなんてもんじゃないっ。ああっ、腰が勝手に動いちゃうっ)

気づくと、奈南は手を添えているだけで、由紀香自身が腰を振っていた。

粘り気を増した淫液が攪拌されて、グチャグチャと下品で卑猥な水音を響かせている。濡れた結合部からは、目眩がしそうなほどの濃厚な淫臭が上り立つ。

「はぁ、ぁっ……姉さんっ、気持ちいいっ。気持ちいいよっ」

力強く突き出す友幸が、快楽に声をあげていた。それだけで、女としての悦びがさらに熱を増してしまう。

（友幸が私の中に入ってる……私の中であんなに気持ちよさそうに、必死におち×ちんで突いてくれている……っ）

五感のすべてで友幸と繋がっているのだと自覚した。淫らな願望が成就したことに、言いようのない幸福がこみあげる。それは、すぐに淫悦へと転化した。

「ああっ、友幸っ、もっと来てっ、もっと奥をグリグリしてっ。アソコ、いっぱいグチャグチャしてぇ！」

ついには友幸にしがみつき、彼の下半身を跨いで腰を振る。

（もっと、もっと友幸を感じたいのっ。おち×ちんの硬さや熱さだけじゃなく、友幸のすべてを感じたい……っ）

牡悦に蕩けた顔が向けられる。

すかさず半開きの唇を奪った。すぐに舌を挿しこみ、口内を舐めまわす。

「んっ、んんっ……んぐぅ……っ」

興奮のままに舌を動かしていると、友幸の舌が触れてきた。すぐにからませ合っては擦り合わせる。

（キス……ずっと、ずっとしたかった。恋人同士じゃないとしちゃいけないと思ってたから……ああ、ダメっ。もう私、止まれないぃ……っ）

挿入も口づけも、想い合わなければできなかった。しかし今、それを同時にしている。愛し合うゆえに求め合う男女と化した事実が、由紀香の本能を震わせた。

「はぁ、ぁっ……アソコも口も気持ちぃいっ。こんなの幸せすぎるよぉっ」

舌を伸ばして喜悦を叫び、また唇を押しつける。互いの唾液を舌で混ぜては飲みほして、それを何度もくり返す。同じ遺伝子を内包しているせいなのか、体内に当たり前のように染みこんで、それが堪らなく心地よい。

「由紀香、ダメだよ。アソコ、だなんて子供みたいな言いかたしたら……」

濡れた素肌を撫でまわしながら、奈南が耳もとでそっと呟いた。

「オマ×コ、でしょ。オ、マ、ン、コ。恥ずかしさなんか全部捨てちゃってさ、由紀香のイヤらしいとこ、全部友くんにさらけ出しなよ。そしたら、もっとエッチになれて、もっともっと気持ちよくなれるよ」

そう言い終わるとともに、左右の乳首を摘まんでくる。

「んひぃぃ！　あ、ああっ、ダメぇっ。おっぱいまで気持ちよくなっちゃうっ。こんなに気持ちいいのダメぇ！」

「んふふっ。乳首と身体は悦んでるみたいだけど？　ほら、こんなに硬くなって、オマ×コいっぱい擦りつけてるじゃない」

奈南の言うとおりだった。脳天を貫く乳首からの快楽に、身体がビクビクと震えている。その震えが下腹部と下半身とを刺激して、さらなる猥褻な動きへと転化していた。

「ほら、言っちゃいなよ。オマ×コ気持ちいい、オマ×コもっと突いて、って。友くんも興奮して、もっと由紀香を求めてくれるはずだよ」

「うあ、あっ……オ、オマ……っ」

その単語は女が口にするにはあまりにも恥ずかしい。しかし、友幸が喜んでくれるなら、言わないわけにはいかない。

彼の視線が再び向けられる。なにかを堪えるように必死な顔は、由紀香の女の部分を強烈に刺激した。意識の中でしこりのように固まっていたものが、勢いよく破裂する。

「オマ×コっ。オマ×コ気持ちいいのっ。友幸にオマ×コずぼずぼされてっ、堪らなく気持ちよくて幸せなのっ。お願いっ、もっと突いてっ。もっとグリグリしてっ。私のオマ×コ、友幸でめちゃくちゃにしてぇ！」

叫ぶと同時に友幸を力いっぱいに抱きしめる。全身が力んで、蜜壷も締まりを強くした。結果、怒張の硬さと膨張ぶりが淫膜を直撃する。

「うあ、あっ……おち×ちんがすごいのっ。オマ×コの中、パンパンにひろげられて……我慢できないっ、オマ×コ勝手に動いちゃうぅ！」

膣奥を押しつぶすように前後に左右に、さらには円を描くように腰を振る。媚肉からは強烈な喜悦が生み出され、肉槍で抉られるとともに、恥や理性は削られていく。

（本当にすごいよぉ。もうエッチなことしか考えられない……こんなのやめられない。ずっとしていたいって思っちゃう……っ）

甲高い嬌声を響かせながら、どこまでも快楽を貪りつづける。唇は閉じる暇もなく、トロトロと涎を零しつづけていた。

（はじめてのセックスなのに、こんなに気持ちいいなんて……やっぱり姉弟だから？同じ血が流れているから、身体が惹かれ合ってるの？）

一説には、近親姦を避けるため、極端に近い血族には拒絶反応が出るように遺伝子が作られている、という。

だが、仮にそれが本当だとしても、自分たちには当てはまっていない。むしろ、近すぎるからこそ求め合っているとしか思えない。

「ああっ、エロすぎるっ。姉さん、めちゃくちゃエロいよっ」

そう叫ぶ友幸の顔は真っ赤に染まっている。興奮がさらに滾っているのか、くり出す腰が激しさを増していく。

「んひっ、いいぃ！　友幸ぃ、もっとしてっ。私を、お姉ちゃんをもっと狂わしてっ。壊してぇ！」

「俺たちは姉弟なのに……前から好きだと想い合ってて……ずっと前から狂ってたんだ。だから、二人でとことん狂って壊れよう。いいよね、姉さんっ」

友幸の叫びは、あまりにも甘くて刺激的だった。由紀香には、どんな言葉よりも尊い愛の告白だ。

答えなど決まっている。だから、ありったけの感情をこめて絶叫した。

「いいよっ、いいに決まってる！　いっぱい狂わせてっ。いっぱいダメにしてぇ！　好きなのっ。大好きなのっ。友幸のこと好きすぎて、もうどうなってもいいんだからぁっ」

再び唇を押しつけた。彼の唇と口内を舐めまわす。すぐに友幸も呼応して、同じことをしてくれる。キスというよりは口内粘膜のからめ合い、貪り合いだった。

「二人とも熱すぎ……おまけに……はぁ、ぁ……エッチすぎて、私も……」

いつの間にか乳房から奈南の手が離れていた。

自分たちの接合とは違う粘着音が背後から聞こえてくる。ちらりとうしろに目だけを向けると、奈南はせつなそうな表情を浮かべて、自らの股間に手を挿しこんでいた。

「おいで、由紀香」

濡れた瞳と視線が合うと、奈南が由紀香の肩を摑んだ。そのままうしろへと倒されて、小麦色の膝に頭が乗せられる。

「このほうがもっと奥までねじこんでもらえるよ。友くん、由紀香を抉ってあげて」

奈南が言うと、友幸は滴る汗をそのままにコクリと頷く。

少しだけ肉棒が抜ける。そう思ったすぐあとに、凶悪なまでの喜悦が全身を貫いた。

「んあ、ああぁ！　ひ、ひいっ、これダメっ。すごすぎるっ、頭おかしくなっちゃうっ、頭割れちゃうぅ！」

仰向けになった身体を反り返らせて、両手で抱えた頭を振り乱す。

まさに暴力的と言えるほどの快楽だった。強烈な突き入れが、威力のすべてを膣奥にぶつけてくる。身体の芯が粉々に打ち砕かれるようだ。

（イッてるっ。イッてるのっ。イッてるのにおち×ちんが私を壊すのやめなくてっ。ああっ、イクの終わらないっ。ずっとイキつづけちゃう！）

友幸は激しい呼吸をくり返しながら、細腰を摑んで肉棒を挿しこんでくる。貫くだけでなく、ときおりグッグッと最奥部を押しつぶし、喜悦の暴風をやめようしない。

「うあ、ぁ！　オマ×コ、ホントに壊れるっ。頭も全部バカになっちゃうぅ！」

もはや、自分がなにを叫んでいるのかわからなかった。叫びというよりは喚《わめ》きに近い。本当に気が狂ってしまったかのようだ。

「ふふっ、由紀香って本当にエッチなんだね。んあ、ぁ……自分から、今でも腰を振ってるじゃないの……はぁ、ぁっ」

見下ろしてくる奈南の表情はすっかり蕩けている。だらしなく開いた唇からは熱い吐息が断続的に漏れていて、ときおり、ビクッと身体が震えていた。

(だって……やめられないのっ。勝手に腰が動いちゃうっ。身体がもっとイキたがって……もうおかしくなっちゃってるぅ！)

自らの浅ましさを自覚するも、それすらも興奮の糧だった。

どこまでも乱れたい。自分の卑猥さをさらして、友幸に受け止めてほしい。女としての情念が燃えさかる。

「ああっ、もうダメだっ。姉さんっ、俺、もう限界だよっ」

肉棒がさらなるふくらみを見せている。友幸も歯を食いしばってせつなそうに自分を見ている。

(ああっ、そんな表情向けられたら、私だって無理になっちゃうぅ！)

友幸を摑んで引き倒す。汗に濡れた身体を力いっぱいに抱きしめた。ひろげていた両脚を腰にからめてぎゅうっと締める。

「出して。私に射精してっ。お姉ちゃんのオマ×コに全部出してっ。私の中、友幸でいっぱいにしてぇ！」

ただのセックスで満足できるはずがない。未成年であろうが姉弟であろうが、本能の前ではなんの意味もなかった。

愛する男の子種が欲しい。ただそれだけを求めて、由紀香は必死に腰を跳ねあげる。

(友幸っ、私はあなたが本当に好きなのっ。あなたに心も身体も、子宮も染められたら……もうなにもいらないっ。私のすべてを奪って！)

見つめ合ったすえに、どちらからともなく唇を貪り合う。

悲しいわけではないのに涙が止まらない。

「あ、あっ……出るっ。出るぅ！」

友幸の全身が瞬間的に硬直した。勃起が強烈に突きこまれ、膣奥を押しつぶす。

粘膜に浴びせられる灼熱が、由紀香のすべてを崩壊させた。

「ひぐっ……あ、あぁ！　イクっ、イぐぅぅ——っ」

子宮で喜悦が爆発し、歓喜が肉体を圧倒した。視界も意識も吹き飛び、真っ白に覆われる。叫んだ口は閉じることができず、息をすることすら叶わない。

（こんな……こんなイキかた、無理っ。本当に全部壊れるっ。死んじゃうぅ！）

恐ろしいほどの多幸感に、生きることさえ放棄しそうになる。

「すごいイキかた……ああっ、そんなの見せられたら……はぁ、ぁっ、イクぅ……由紀香のエッチ見て……イッちゃうぅ！」

頭を乗せていた奈南の膝が大きく震えた。股間に挿しこんでいた手を、内ももがぎゅうっと締める。

三人それぞれが絶頂に漂う。サウナのような熱気の中に、意識や思考、感覚までもが溶けていた。

いつまでそうしていただろうか。狂った時間感覚のなか、ようやく身体が弛緩した。

「……かはっ。はぁ、っ……はぁ、ぁ……っ。あう、ぅ……」

塞がっていた喉が通るやいなや、過呼吸のように息をした。

視界がぼんやりとしている。水をぶち撒かれたかと思うほどに、裸体はぐっしょりと濡れていた。

「はぁ、っ……はぁっ……姉さん……」

いつの間にか友幸は身体の上に倒れていた。女とは違う筋肉質な感触と重みとが、惚けた由紀香に甘く染みた。

「はぁ、ぁ……友幸……」

視線をからめ合ったあとに口づけを交わす。行為中の荒々しいものではない。互いの想いを確かめ合うような、やさしくねっとりとしたキスだった。

(しちゃった……友幸とセックス……中出しまでしてもらえた……)

今頃になってそう自覚すると、身体中が蕩けるような心地になった。

抱きしめる腕へ微かに残った力をこめる。愛しい実弟を決して離さない、誰にもわたさない、という誓いだった。

「ふふっ……由紀香も友くんもよかったね……」

荒い呼吸を混じえて奈南が言った。濡れた頭を慈しむように撫でてきた。

薄目で彼女を見あげてみる。

(……奈南)

紅潮した顔に浮かべているのは微笑みだった。しかし、そこには紛れもなく一抹の寂しさが滲み出ていて、由紀香の胸を締めつけた。

第六章　二人の終着地

1

街はすっかり寝静まっていた。梅雨が近いせいなのか、そよぐ風は湿っぽく、室内もエアコンをかけなければ寝苦しさを感じるほどだ。

だが、由紀香の部屋はエアコンをかけていても熱気に満ちていた。立ちこめる卑猥な空気も濃厚で、気を抜くと目眩をしかねない。

「ああっ、友幸っ、気持ちいいっ。気持ちいいよぉ！」

ベッドで仰向けの由紀香は甲高い声で愉悦を訴える。

ぼんやりとした灯りの中では、白い裸体が美しく映えていた。挿入の動きに合わせて、たわわな乳房は大きく揺れて、手もとのシーツをぎゅうっと握りしめている。

「俺も気持ちいいよっ。もう何回もイッたのに……ああっ、まだ姉さんでイキたくて仕方がないよっ」

「うれしい……っ。もっと突いてっ、もっとオマ×コずぽずぽしてぇ。私は心も身体も全部、友幸のものなんだからぁ！」

そう叫んだ由紀香が自ら腰を振り立てる。何度も精液を放って汚れた結合部から、卑猥きわまる粘着音が鳴り響く。振り撒かれる淫臭が、姉弟二人の淫欲をさらに刺激した。

（やめられない……姉さんを欲しいって気持ちが全然止まらない。毎日のようにしてるってのに……本当に狂ってしまったのかも）

昨日も一昨日もその前の日も由紀香を求めていた。もっとも、友幸からだけでなく、由紀香からも求めていたのだが。

（オマ×コもおっぱいも、なにより姉さんそのものが好きすぎて……姉さんのすべてが愛おしくて堪らないんだっ）

打ちつける下腹部に力をこめつつ、弾む乳房を摑んで舐めしゃぶる。硬くとがった乳頭を舌で転がし吸引すれば、由紀香は尾を引くような長い嬌声を響かせ、白い身体をしならせた。

「んひぃ、ぃっ……もっとおっぱいちゅうちゅうしてっ。赤ちゃんみたいにいっぱい吸ってぇ」

友幸の頭を抱きかかえ、掻きむしるように撫でまわしてくる。弾力に富んだたっぷりの乳肉に顔を埋められ、乳肌からの甘くて心地よい香りが友幸の鼻腔を満たす。

「ああっ……ダメっ。私っ、またっ……あ、あああっ、あぁぅ！」

蜜壺の締まりが急激に強まった。密着する濡れた白肌には瞬間的に鳥肌がひろがっていく。

「イッてっ。思いっきりイッてっ。いっぱい突いて、いっぱい弄るからっ」

腰に力をこめて激しく打ちつける。同時に乳首も荒々しく舐めしゃぶり、前歯で軽く噛みながら吸い立てた。

「イクイクっ……イッ、くぅ！　あああ、あぁ！」

由紀香はおとがいを上向かせて絶叫すると、下腹部を何度も跳ねあげた。ギシギシとベッドのスプリングが軋みを響かせる。

（まだだ……まだ足りない。姉さんだって、こんなんじゃ満足してくれない……っ）

絶頂に達した由紀香は、ぐったりと横たわりながら乱れた呼吸をくり返していた。

そんな彼女を反転させて、腰を摑んで引き起こす。

乳房と双璧をなす、まんまるでたっぷりの尻肉が眼下にあった。由紀香は恥ずかしいらしいが、友幸はこの大きな尻が堪らないほどに大好きだ。

（モチモチしてて、立ってるときもきれいに盛りあがってて……はぁ、ぁ、揉んでるだけで幸せだ……）

尻肉を摑んで揉みまわし、そのやわらかさと弾力を堪能する。肌理の細かい尻肌は汗に濡れ、滑る感触も堪らなく甘美だった。

「あ、あぁっ……そんな揉んじゃダメぇ……それだけでも気持ちいいの……」

「俺も揉んだり撫でてるだけで気持ちいいよ。姉さんのお尻、本当にきれいで魅力的で……俺は大好きだよ」

由紀香は「いやぁ、ぁ」と羞恥の呻きを漏らしているが、揺れる腰は熱烈に友幸を誘っていた。

満開の淫華は精液と愛液とでおびただしく濡れている。露出する鮮やかなピンク色の膣膜は、クチュクチュと音を立てながら収縮し、さらなる挿入を、再度の吐精を懇願していた。

（入れなきゃ……っ。また姉さんに中出ししなきゃっ）

本能の叫びに身体は素直に反応した。はちきれそうな肉棒を枯れぬ淫泉へと重ねた。ビクンと白尻が震えるも、しっかりと摑んで固定する。そのままズブズブと押しこんだ。

「うあ、あぁっ……さっきと違うとこが擦れて……ひゃあ、ぁん！」

腰をグッと突き出して肉棒のすべてをねじこむと、由紀香は甲高い声を響かせた。

(ううっ……ものすごい締めつけだ……グネグネと何度も絞られる……っ)

身体の戦慄きに合わせての膣膜の収縮は強烈だった。白濁液を待てないとばかりに絶えることなく蠢きつづける。

「はぁ、ぁ……入れられてるだけで感じちゃうよぉ……あ、あぁっ……お尻が……勝手に動いちゃうぅ……っ」

理性の箍《たが》がはずれた由紀香は、豊かな尻を前後に揺する。グチュグチュと粘膜を攪拌させて、こみあげる愉悦を我慢することなく迸らせた。

「ああっ、すごいよぉっ、気持ちいいよぉっ。ねぇ、早くちょうだい。いやらしくて下品なお姉ちゃんを、いつもみたいにグチャグチャに壊してぇっ」

せつなそうな表情で振り返る由紀香に、牡欲が激しく煮え滾った。

「はぁ、っ……はぁ、ぁ……姉さん！」

本能の昂りのままに打ちつける。バチンっと濡れた肉と肉とが激しくぶつかり、同時に由紀香の絶叫が木霊した。

「あ、あぁぁ！　それいいのっ。よすぎて……うあ、ぁっ、中が壊れちゃうっ、幸せすぎて私、壊れちゃうぅ！」

尻のみを高々と突き出すポーズで狂ったように牝鳴きをしつづける。滑らかな背中は汗に濡れ、ぼんやりした照明に妖しく照り輝いている。

美しい尻が腰を打ちつけるごとにひしゃげる姿が、堪らなく官能的だ。

（ううっ、もう無理だっ。さっきも出したのに、同じくらいすごいのが来る……っ）

腰の奥で白濁のマグマが激しく渦巻いていた。一度目と同じか、それ以上の威力を感じさせる。

「姉さんっ、出すよっ。また中にっ、いちばん奥に出すからっ」

膣内射精をすることしか考えられない。滴る汗を飛び散らせながら、友幸は可能な限りの激しさで膣奥めがけて腰を振り立てる。

「ちょうだいっ、友幸の精子が欲しいのっ。私を友幸で満たしてぇ！」

白濁液を渇望して、由紀香も尻を力強くぶつけてきた。漏れ出る二人の淫液が濃厚に混ざり合い、飛沫となって周囲に降り注ぐ。

「出るっ。出るぅ！　姉さんっ、ああっ、由紀香っ」

無意識に名前を叫んだ刹那、下腹部の内部が熱く爆《は》ぜた。子宮口へねじこむように亀頭を突き入れた状態で、奔流と化した白濁液を注ぎこむ。

「うぐっ、うぅ！　来てるっ、熱いのがいっぱい……ああ、ああっ、イクっ、イクぅ！　弟の精子で私……あ、ああぐぅ！」

ピンクのシーツを引っかきながら、由紀香は再び絶頂した。

清楚さを漂わせる普段の姿は欠片《かけら》もない。あるのは、快楽に呑まれて喜悦に狂う一匹の若い牝の姿だった。

2

エアコンの稼働音、そして悩ましくからみ合う粘膜の音だけが室内に響いていた。

タオルケット一枚だけをかけて、姉弟は全裸でキスをし合う。愛おしさを確かめ合うような、静かで、しかし熱烈な口づけだ。

「友幸、イクときに言ってたね。私のこと、姉さんじゃなくて由紀香って」

からかうようにクスクスと笑いながら、由紀香がのぞきこんできた。

友幸は恥ずかしくなってしまい、堪らず視線を由紀香から逸らす。

「あっ、あれはその……つい……」

「別にずうっと呼び捨てでもいいんだよ。だって、私たちは姉弟である以前に恋人同士じゃない」

「……呼んでほしいなら、そうするよ」

友幸がぶっきらぼうに呟くと、由紀香はグッと頭を引きよせて、豊かな乳房へと押しつけた。頭をやさしく撫でながら「かわいいなぁ」などと言ってくれる。

羞恥に顔を赤らめながらも、頬に伝わる温かさとやわらかさ、何ものにも代えがたい心地よい芳香に、友幸はなにも言わずに酔いしれた。

「……私ね、今でも思うの、やっぱり私は最低の女だな、って」

とつぜん、由紀香が呟いた。

驚いて、友幸は彼女を見あげる。

いつものやさしい微笑みがそこにはあった。しかし、それは由紀香自身への冷笑だった。

「私は……自分の願望のためだけに友幸を誘惑して……結果、奈南をひどく傷つけた。友幸とつき合って幸せだったはずなのに、無理やり引き裂いて……あれだけ、子供の頃からいつもいっしょにいた唯一無二の存在だったのに……」

その口調と表情は、堪らなく痛々しいものだった。

結局、由紀香と奈南の親友関係はもとに戻ることはなかった。学校では挨拶くらいはするらしいが、奈南が家に来ることは二度とない。メッセージのやり取りすらしていないという。

「……それは俺のせいだよ。俺が最初から姉さんが好きなんだってはっきり言っていれば、ナナちゃんも姉さんも……つらい思いをしなくてすんだんだ」

奈南は友幸にとって幼なじみであり、もう一人の姉のような存在だった。

子供の頃にいっしょに遊んだ記憶や、家に来てはからんできた記憶、そしてなし崩しとはいえ、つき合った記憶、そのすべてが遠い過去と化している。その思い出に触れるだけで胸がせつなく痛むのは、自分の優柔不断な性格がことを招いたゆえの罰であろう。おそらく一生、逃れることはできない。

「姉さん、ごめん……俺がとんでもなくバカ野郎だから、二人を……んっ」

懺悔の言葉は由紀香の人さし指で封じられた。慈愛のこもった微笑みで見つめながら、ふるふると首を振る。

「これは私の罪だから……奈南だって、友幸とつき合ったことはまったく後悔していないよ。友幸は、そのつど全力で私たちに接してくれた。それでいいんだよ」

宝石のような瞳が揺れていた。そんな彼女に友幸はなにも言えない。神妙な顔で由紀香を見るしかできなかった。

由紀香と結ばれたあの日、奈南が帰りぎわに自分だけへ聞こえるように語った言葉を思い出す。

「きっと由紀香は私のことで思い悩むはずだよ。あの子、割りきるのが下手くそだから。だからね、友くん、由紀香をしっかりと支えてあげて。それができるのは友くんだけだよ。弟としても恋人としても、由紀香を守ってあげてね」

(ナナちゃん……なんでもお見通しだったんだな……)

二人は今も心の底では繫がっている。あんなことがあっても、思い合っているのがなによりの証拠だ。

だが、それでももとには戻らない。現実の不条理さが少年の心を苦しめる。

「ねぇ、友幸……」

そっと由紀香が囁いてきた。見あげると、心細そうな彼女の顔があった。

「もし、私のことがいやになったら……嫌いになったら、はっきりと言ってね。そのときは……身を引くから」

消えそうな弱々しい声だった。由紀香はそれでも言葉を続ける。

「でも、そうでないなら……お願い、私を離さないで。私はあなたにすべてを捧げる。姉弟だとか、まわりの目だとか、将来だとかはどうでもいい。友幸がいっしょにいてくれたら、私はそれだけで幸せだから……だから、できる限りいっしょにいて……」

由紀香は決して強い女ではない。それは友幸もよくわかっている。自己嫌悪と悔恨に苛まれている彼女を支えて守り、救い出す。それが弟を捨てて男として接することを選んだ自分の義務だ。奈南との約束でもある。

「姉さん……」

友幸は言葉では返さなかった。かわりに、できる限りやさしく強く抱きしめる。それは十分に由紀香にも伝わったらしい。彼女は感嘆のため息を漏らすと、しがみつくように抱き返してくる。

互いの胸の鼓動が互いの身体に響いていた。どちらからともなく見つめ合い、自然と唇を重ねていく。やがて舌をからませ合い、存在を確かめるように肌を撫でまわす。

(姉さんがこんなにエッチになったのは、エッチが好きだからだけじゃない。自分を苛んでいることから逃げるため……俺にすがりたいからだ……)

かたちはどうあれ、求められる以上は応えたい。由紀香が安息を得られるのならば、たっぷりと与えたい。

やがて、由紀香が甘い吐息を漏らしはじめる。再び硬化を見せる肉棒に触れて、ゆっくりと撫でまわした。友幸がふくれつづけていた乳首に指を乗せると、あんっ、とせつなそうに身悶えする。

姉弟で愛し合う。心も身体も重ね合わせて、からませ合う。絶対禁忌の近親相姦は、二人にとってはこれ以上ない、甘くて固い繋がりだった。

それゆえ、世間からは爪弾きにされるであろう。奈南との別離以上につらいことがあるだろうし、その可能性は高い。

それでも、受け入れるしかない。由紀香と二人で、行けるところまで行くしかないのだ。その終着地に残酷な現実が待っていようと、納得するより術《すべ》はない。

だから今は、今だけはこの関係に浸っていたい。愛する姉であり、女である由紀香との蜜事によろめき、溺れていたいのだ。

蕩けた瞳で由紀香が見つめてくる。友幸も火照った瞳で見つめ返した。

すべてを悟り、決意する。お互いにどうなっても構わない。どんな結末もいっしょに迎える。

悲愴感を愛欲で上書きし、罪深い姉弟はかりそめの安息に溺れつづけた。

◉新人作品**大募集**◉

マドンナメイト編集部では、意欲あふれる新人作品を常時募集しております。採用された作品は、本人通知のうえ当文庫より出版されることになります。

【応募要項】 未発表作品に限る。四〇〇字詰原稿用紙換算で三〇〇枚以上四〇〇枚以内。必ず梗概をお書き添えのうえ、名前・住所・電話番号を明記してお送り下さい。なお、採否にかかわらず原稿は返却いたしません。また、電話でのお問い合せはご遠慮下さい。

【送付先】 〒一〇一-八四〇五 東京都千代田区神田三崎町二-一八-一一 マドンナ社編集部 新人作品募集係

姉《あね》と幼馴染《おさななじ》み 甘《あま》く危険《きけん》な三角関係《さんかくかんけい》

二〇二一年六月十日 初版発行

著者◉羽後 旭【うご・あきら】

発行◉マドンナ社
発売◉二見書房
東京都千代田区神田三崎町二-一八-一一
電話 〇三-三五一五-二三一一(代表)
郵便振替 〇〇一七〇-四-二六三九

印刷◉株式会社堀内印刷所 製本◉株式会社村上製本所 落丁・乱丁本はお取替えいたします。定価は、カバーに表示してあります。

ISBN978-4-576-21070-4 ◉ Printed in Japan ◉ ©A.Ugo 2021